「古事記《こじき》
～日本の神《かみ》さまの物語《ものがたり》～」
はじまるよ♪

古《こ》事《じ》記《き》

～日本の神《かみ》さまの物《もの》語《がたり》～

文《ぶん》／那須田《なすだ》 淳《じゅん》

絵《え》／よん

Gakken

物語《ものがたり》ナビ

今《いま》からおよそ千《せん》三《さん》百《びゃく》年《ねん》前《まえ》に作《つく》られた 日本の神《かみ》さまの物語《ものがたり》

「古事記《こじき》」は、日本で、さいしょに作《つく》られたという、歴史《れきし》の書物《しょもつ》。この本《ほん》では、その「古事記《こじき》」の中《なか》から、日本ができあがっていくころの神話《しんわ》をしょうかいするよ。

むかしむかし、この世界《せかい》に、陸《りく》も何《なに》もなかったころ…

あるとき、とつぜん、神《かみ》さまがあらわれた！

古事記《こじき》って何《なに》!?

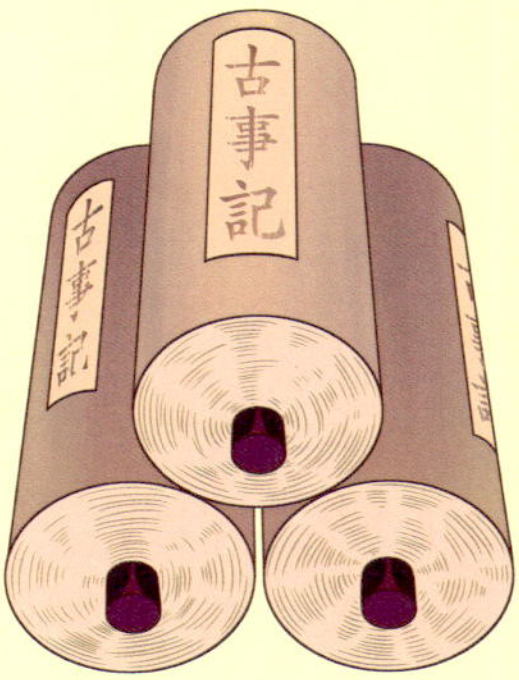

七一二年《ねん》にできあがった、歴史《れきし》の書物《しょもつ》。全《ぜん》三巻《かん》。天武《てんむ》天皇《てんのう》の命令《めいれい》で作《つく》られ、元明《げんめい》天皇《てんのう》のときに完成《かんせい》したよ。稗田阿礼《ひえだのあれ》が習《なら》いおぼえた内容《ないよう》を、太安万侶《おおのやすまろ》が文章《ぶんしょう》で記《しる》したといわれている。

ここから、神《かみ》さまたちの物語《ものがたり》がはじまるよ

オオクニヌシ（オオナムヂ）

兄《あに》の神《かみ》たちがたくさんいる。とても、やさしい性格《せいかく》。

子《こ》

スセリひめ

スサノオのむすめ。根《ね》の国《くに》に住《す》んでいた。

夫婦《ふうふ》

子孫《しそん》

ヤガミひめ

いなばの国《くに》のひめ。オオクニヌシの兄《あに》たちが、嫁《よめ》にしたいと思《おも》う。

夫婦《ふうふ》

スクナビコナ

小《ちい》さな神《かみ》さま。知恵《ちえ》の神《かみ》さまの子《こ》どもで、かしこい。

コノハナサクヤひめ

地上《ちじょう》の山神《やまがみ》のむすめ。桜《さくら》の花《はな》のように美《うつく》しい。

ワタツミ

海《うみ》の国《くに》をおさめる海神《うみのかみ》。ヤマサチと結婚《けっこん》するトヨタマひめの父《ちち》。

親《おや》

子《こ》

ウミサチ（ホデリ）

海《うみ》で魚《さかな》をとってくらす。ヤマサチの兄《あに》。

子《こ》

ヤマサチ（ホオリ）

山《やま》で、けものをとってくらす。兄《あに》のつり針《ばり》をなくしてしまう。

夫婦《ふうふ》

子《こ》

トヨタマひめ

海《うみ》の国《くに》にやってきたヤマサチと出会《であ》い、結婚《けっこん》する。

さあ、この神《かみ》さまたちを中心《ちゅうしん》にどんなことが起《お》こるのかな。
さっそく読《よ》んでみよう。

※神《かみ》さまの名前《なまえ》は、ほかの書籍《しょせき》などとことなる場合《ばあい》があります。

もくじ

※この本《ほん》では、小学生《しょうがくせい》が楽《たの》しめるように、現代語表記《げんだいごひょうき》にし、一部《いちぶ》の表現《ひょうげん》や文章《ぶんしょう》をわかりやすく言《い》いかえたり、省《はぶ》いたりしています。
神《かみ》さまのかぞえ方《かた》も、一人《ひとり》、二人《ふたり》としている箇所《かしょ》があります。
また、登場人物《とうじょうじんぶつ》の設定《せってい》や挿絵《さしえ》についても、親《した》しみやすく表現《ひょうげん》をしています。

古《ふる》きことの始《はじ》まりのお話《はなし》

＊1内裏《だいり》の書庫《しょこ》で、わたしがこっそり物語《ものがたり》を読《よ》んでいるときでした。
「阿礼《あれ》、阿礼《あれ》はおりませんか。」

外《そと》で、わたしをよぶ声《こえ》がしたかと思《おも》うと、いきなりはらりと、＊2とばりがめくられて、＊3女官《にょかん》がしらさまが顔《かお》をのぞかせたのです。

「あ、これ、またさぼっておるな。」

「い、いいえ、書庫《しょこ》のおそうじをしていたのでございますよ。」

ぞうきんをひらひらふっても、むだでした。女官《にょかん》がしらさまは、すうっと、目《め》をきつねのようにつりあげると、

＊１内裏《だいり》…昔《むかし》、天皇《てんのう》が住《す》んだ御殿《ごてん》。＊２とばり…上《うえ》からたらして、部屋《へや》を仕切《しき》ったり、目《め》かくしをしたりする、ぬの。＊３女官《にょかん》がしら…女官《にょかん》は、天皇《てんのう》や王《おう》の住《す》む所《ところ》で仕事《しごと》を持《も》ち、仕《つか》える女性《じょせい》。女官《にょかん》がしらは、女官《にょかん》たちをまとめてひきいる女性《じょせい》。

「きのうも、おとといも、さきおとといも、あなたはここにこもりきり。いったいどれだけ、そうじをすれば気《き》がすむのです。しかも、そのたなにあるのは、なんですか。おかしでしょう？」

おかしらさまに指《ゆび》をさされ、わたしは思《おも》わず「あっ」と、口《くち》に手《て》を当《あ》ててしまいました。

*1帝《みかど》の身《み》の回《まわ》りのお世話《せわ》をするようになって、何《なに》がうれしいかといえば、この書庫《しょこ》のおそうじ当番《とうばん》をいいつけられたことでした。

物語《ものがたり》ずきのわたしにすれば、かつおぶしの倉庫《そうこ》にとじこめられたねこのようなもの。

はじめはおそうじのとちゅうで、ちら読《よ》み*2するだけでしたが、とうとうはたきがけなどそっちのけで、ゆっくりすごせるようおやつ*3まで用意《ようい》して、こもってしまうようになったのです。

「まあよい。ついてきなさい。」

ま、まさか、おしおきされるの？

わたしは、これでも*4伊勢《いせ》の稗田家《ひえだけ》のひめ。国《くに》を代表《だいひょう》して、*5女嬬《にょじゅ》としてつかわされてきてから、でも、まだ一か月《げつ》もたっていません。ばっせられて国元《くにもと》にもどされるなんて、お家《いえ》のはじです。

お母《かあ》さまが、おろおろ心配《しんぱい》しながら、

「阿礼《あれ》は、ぼーとしていて、草《くさ》の葉《は》にたまった夜《よ》つゆを、じっとながめているような子《こ》ですよ。帝《みかど》のお世話《せわ》なんて、ぜったいに無理《むり》です。」

と、お父《とう》さまにうったえたとき、都《みやこ》には、何《なに》やらおもしろいものがたくさんありそう、この機会《きかい》をのがしてなるものかと、

「いえいえ、ぜったいだいじょうぶ。」

と、むねをたたいて、出《で》てきたのです。

＊1帝《みかど》…天皇《てんのう》をうやまっていういい方《かた》。＊2ちら読《よ》み…ちらりと、ほんの少《すこ》しの時間《じかん》、読《よ》むこと。＊3はたき…ちりやほこりをはらうための道具《どうぐ》。＊4伊勢《いせ》…今《いま》の三重県《みえけん》のあたり。＊5女嬬《にょじゅ》…皇后《こうごう》などが住《す》むところで、そうじや、明《あ》かりをともすなどの用事《ようじ》をする女官《にょかん》。

お母《かあ》さまが、それみたことかと、おこるに決《き》まっています。はあああ……どうしよう。

うつむきながら、歩《ある》いていると、

「こっちですよ！」

きらびやかな、衣《い》装《しょう》をまとったひめさまが、声《こえ》をかけてき

ました。

＊1長屋王《ながやおう》のむすめ、まどかた＊2王女《おうじょ》でした。

「おかしら、あとはわたしがこの子《こ》をおつれするからいいわ。」

「では。阿礼《あれ》、今度《こんど》はまちがいのないよう。次《つぎ》はありませんよ。」

女官《にょかん》がしらは、とがった鼻《はな》をつんといわせて、下《さ》がっていきました。

王女《おうじょ》さまは、わたしのほうを向《む》いて、たずねました。

「あなた、何《なに》かへまをしたの？」

書庫《しょこ》をそうじしながら、おかしを食《た》べ、本《ほん》を読《よ》んでいたことがばれたと、消《き》えいりそうにいうと、

「まあ、たいへん。」

＊1長屋王《ながやおう》…奈良時代前期《ならじだいぜんき》の政治家《せいじか》。天皇《てんのう》の一族《いちぞく》。＊2王女《おうじょ》…本来《ほんらい》の称号《しょうごう》は皇女《こうじょ》ですが、ここでは子《こ》どもたちがわかりやすく読《よ》めるように王女《おうじょ》としています。

そういいながらも、まどかた王女《おうじょ》の目《め》のはしっこが、わらっています。

王女《おうじょ》さまは、帝《みかど》がこの奈良《なら》に都《みやこ》をうつしたときのお祭《まつ》りで、国《くに》を代表《だいひょう》して＊1舞《まい》をおどっただけあって、＊2宮廷《きゅうてい》のおくではだれもが一目《いちもく》おく美少女《びしょうじょ》です。ただあまりにりんとしていて、近《ちか》づきにくいお方《かた》でしたし、何《なに》しろ天皇家《てんのうけ》の血《ち》を引《ひ》く＊3親王《しんのう》・長屋王《ながやおう》さまの、むすめなのです。

「ところで、あれちゃん、おばばさまはお元気《げんき》ですか。」

あれ……ちゃん？　王女《おうじょ》さまの、あまりにきさくな声《こえ》かけに、どぎまぎしながら答《こた》えました。

「は、はい。みんながこまるぐらい元気《げんき》です。でも、王女《おうじょ》さまは、おばばさまのことをごぞんじなのですか？」

「おばばさまには、よくひざに乗《の》せてもらって、お話《はなし》を聞《き》かせてもらったから。」

おばばさまは、*4巫女《みこ》として長《なが》くこの都《みやこ》にいて、今《いま》の帝《みかど》にもお仕《つか》えして、しんらいがあつかったそうです。

「ところで、ご用《よう》とは……。」

どんなおしおきをされるのだろうと、おそるおそるきくと、

「じつは、あれちゃんにご用《よう》があるのは、博士《はかせ》なのよ。」

「はあ？　博士《はかせ》？」

「まあ、話《はな》すより、こちらにいらして。そのほうが早《はや》い。」

王女《おうじょ》さまは、*5平城京《へいじょうきょう》の門《もん》をくぐって外《そと》に出《で》ていきました。


*1舞《まい》…歌《うた》や音楽《おんがく》に合《あ》わせて、体《からだ》を美《うつく》しく動《うご》かすこと。*2宮廷《きゅうてい》…天皇《てんのう》や王《おう》の住《す》んでいる所《ところ》。*3親王《しんのう》…天皇一族《てんのういちぞく》の男子《だんし》。

*4巫女《みこ》…神《かみ》に仕《つか》える女性《じょせい》。*5平城京《へいじょうきょう》…奈良時代《ならじだい》の都《みやこ》。七一〇年《ねん》に、今《いま》の奈良市《ならし》のあたりにつくられた。

門《もん》の前《まえ》の大通《おおどお》りは、役所《やくしょ》に出入《でい》りする人《ひと》や荷物《にもつ》を運《はこ》ぶ牛《うし》で、ごったがえしています。その人《ひと》ごみをよけながら、王女《おうじょ》さまはとととっと、通《とお》りをわたると、すぐに大《おお》きなお屋《や》しきに入《はい》っていきました。

長屋王《ながやおう》さまのお屋《や》しきです。帝《みかど》をのぞいて、日本でいちばんの大金《おおがね》持《も》ちといわ

れる長屋王《ながやおう》です。

屋《や》しきの中《なか》には、めずらしいものばかりがおかれていて、わたしは目《め》を真《ま》ん丸《まる》にしどおしでした。

「さて、ここですよ。ここはね、お化《ば》け屋《や》しき……。」

と、王女《おうじょ》さまが指《ゆび》さしたのは、林《はやし》の先《さき》の小《ちい》さなほこら*でした。

「きゃーっ。」

「と、いうのはうそ。でも、このほこらは、お父《とう》さまが屋《や》しきをたてる前《まえ》から、ここにあったそうよ。すごく古《ふる》いんですって。さてと……。」

*ほこら…神《かみ》をまつる小《ちい》さな建物《たてもの》。

王女《おうじょ》さまは石段《いしだん》をとんとん上《のぼ》って、ほこらに入《はい》っていきます。

中《なか》は思《おも》いがけないぐらい広《ひろ》くて、しかもちゃんと手入《てい》れされているのか、みがきたてられたゆか板《いた》が、すがすがしいくらいでした。

そのおくで、小太《こぶと》りの老人《ろうじん》がおしりをこちらに向《む》けて、せっせと何《なに》やら書《か》き物《もの》をしています。

「博士《はかせ》～、あれちゃんをおつれしました。」

「ん？」

ふりむいた博士《はかせ》は、目《め》をしょぼつかせながら、わたしのほうを見《み》ていたかと思《おも》うと、ろうそくの光《ひかり》をあごの下《した》に持《も》ってきて、ゆらゆらかげをゆらめかさせながら、

「じつはなあ……。」

と、話《はな》しはじめたので、わたしはびびって、王女《おうじょ》さまの背中《せなか》にかくれてしまいました。

「博士《はかせ》、子《こ》どもみたいなことはやめてください、ただでさえ、このほこらは、今《いま》は神《かみ》さまだらけで、何《なに》やらふしぎなのですから。」

「神《かみ》さまだらけって……。」

わたしが、ごくっとのどを鳴《な》らして、思《おも》わずあたりを見回《みまわ》すと、王女《おうじょ》さまは、手《て》をぱたぱた横《よこ》にふりました。

「あっ、ごめんなさい。じつは博士《はかせ》は、今《いま》、この国《くに》をつくった神《かみ》さまたちの物語《ものがたり》をまとめているの。それでつい。」

こう見《み》えて、博士《はかせ》は太安万侶《おおのやすまろ》というえらい学者《がくしゃ》で、帝《みかど》に命《めい》じられ、この国《くに》の歴史《れきし》や、いいつたえを調《しら》べてきたのだそうです。

「ほとんど、あなたのおばばさまから、お聞《き》きしたものばかりですが。」

わたしはやっとうなずきました。

何《なに》しろわが伊勢《いせ》の稗田《ひえだ》の一族《いちぞく》は、この国《くに》が、どのようにして生《う》まれたのかという、大昔《おおむかし》からの国《くに》にまつわる、たくさんの物語《ものがたり》をおぼえていて、代々《だいだい》、母《はは》からむすめへと、つたえてきたからです。

わたしも、おばばさまとお母《かあ》さ

まから、それこそ赤《あか》んぼうのころから、おぼえさせられてきたものです。

「帝《みかど》から、この奈良《なら》に都《みやこ》をうつした記念《きねん》に、急《いそ》いでまとめるよう、*おたっしが来《き》た。思《おも》いおこせば、そもそもこの書《しょ》のことをはじめに命《めい》じられたのは四十年《ねん》ほど前《まえ》になる。さすがに、そろそろ仕上《しあ》げなければまずいと思《おも》っていたのですがな、ははは。」

博士《はかせ》は、頭《あたま》をかきました。

よ、四十年前《ねんまえ》……。博士《はかせ》は、まだ少年《しょうねん》だったにちがいありません。

「やっと、下書《したが》きをまとめたところでしてな、あとは、あれちゃんに目《め》を通《とお》してもらって、まちがいがあれば、なおしていただければと。」

＊おたっし…目上《めうえ》の者《もの》からの命令《めいれい》や指図《さしず》。お達《たっ》し。

「……目《め》を通《とお》す？　まさかあれを全部《ぜんぶ》？」

わたしは、博士《はかせ》の後《うし》ろのかべを指《ゆび》さしました。

何《なに》しろ、かべ一面《いちめん》に、巻物《まきもの》が山《やま》とつまれていたからです。

「あれちゃん、そんな顔《かお》をしないの。あなたは、この国《くに》にまつわるお話《はなし》を、文字《もじ》で読《よ》みたいと思《おも》わないの？　題《だい》して、『古《ふる》きことの書《しょ》』よ。」

「それは……読《よ》みたいです。」

「でしょう？　わたしも、楽《たの》しみでしかたないの。これはこの先《さき》、千年《ねん》も二千年《ねん》も読《よ》まれることになるのよ。すごいと思《おも》わない？」

「え、まあ。」

「それから、お仕事《しごと》のとちゅうには、おかしも出《だ》す。うちの料理人《りょうりにん》のおかし、おいしいのよ。最近《さいきん》のけっさくは、[＊1]蘇蜜《そみつ》かな。」

「へっ、蘇蜜《そみつ》？」

「ふふ。あまくて、おいしいの。じゃあ、あれちゃん、がんばってね。」

まどかた王女《おうじょ》は、むねのあたりで小《ちい》さく手《て》をふると、すいっと、ほこらから出《で》ていってしまいました。

なんだかうまく、[＊2]いいくるめられたような気《き》がする……。

わたしがそう思《おも》ったのも、[＊3]あとの祭《まつ》りでした。

「あのう……博士《はかせ》。蘇蜜《そみつ》ってなんですか？」

「わしも食《く》ったことはない。でも、死《し》ぬほどうまいっていう、うわさだ。」

＊1蘇蜜《そみつ》…牛乳《ぎゅうにゅう》を煮《に》つめた「蘇《そ》」に、蜂蜜《はちみつ》などのあまみをつけた食《た》べ物《もの》。奈良《なら》・平安時代《へいあんじだい》の貴族《きぞく》などが食《た》べた。＊2いいくるめられる…ここでは、うまくひっぱりこまれること。＊3あとの祭《まつ》り…すんでしまって、もうどうにもならないこと。

わたしがまだ見《み》ぬおかしに、思《おも》いをはせて*1いると、博士《はかせ》がこほんとせきばらいをしました。

「では、さっそくだが、*2序段《じょだん》から読《よ》んでみてもらえぬか？　で、おかしなところがあれば、教《おし》えてくれ。」

しかたがない。*3乗《の》りかかった船《ふね》よね。わたしはためいきをつくと、博士《はかせ》のとなりに、ぺたっと、こしを下《お》ろしました。

「で、序段《じょだん》って……。」

「ああ、空《そら》に雲《くも》がもやもやってかかったあたりに、はじめの神《かみ》さまが、あらわれたところからだ。」

「うわああ……それじゃ、この国《くに》がまだ、ひとかたまりの*4土《つち》くれにもなっていないところから始《はじ》めるんだ……。」

*1はせる…ここでは、いろいろと考《かんが》えること。　*2序《じょ》…書物《しょもつ》のはじめ。　*3乗《の》りかかった船《ふね》…岸《きし》をはなれた船《ふね》からは下《お》りられないことから、いったん始《はじ》めたことは、とちゅうでやめるわけにはいかないということのたとえ。　*4土《つち》くれ…土《つち》のかたまり。

とうぶんって、これは半年《はんとし》じゃ終《お》わらないかも。

そううらめしく思《おも》いながら、わたしはさいしょの文字《もじ》に目《め》を落《お》としました。

こうして、とにもかくにもわたしと博士《はかせ》と王女《おうじょ》さまの、古《ふる》きことの書《しょ》の、お話作《はなしづく》りが始《はじ》まったのでした。

1 イザナギとイザナミ

はじめは、この広《ひろ》い世界《せかい》には何《なに》もありませんでした。

ただ、どろどろとしたものが、海《うみ》の上《うえ》に、ふわふわただよっているだけだったのです……。

そのとき、いきなり空《そら》の上《うえ》に、何人《なんにん》かの神《かみ》さまがあらわれ、みなであれこれ相談《そうだん》して、中《なか》でもいちばんわかい神《かみ》さまの、イザナギとイザナミに命《めい》じました。

「おまえたちが夫婦《ふうふ》となり、人《ひと》が住《す》めるように、大地《だいち》をつくりなさい。」

「かしこまりました。」
イザナギとイザナミは、さっそく空《そら》にうかぶ天《あま》の浮《うき》橋《はし》の上《うえ》に立《た》つと、ほかの神《かみ》さまたちからもらった、天《あまの》沼《ぬ》矛《ぼこ》という美《うつく》しい矛《＊ほこ》で、あたりをこおろころ、こおろころとかきまぜてみました。

それからひょいとぬいて
みると、矛《ほこ》の先《さき》っぽから、
しずくが、ぽたぽたぽた…
…と落《お》ち、海《うみ》の中《なか》で、かた
まって、島《しま》ができました。
これが、自然《しぜん》にできたと
いう意味《いみ》の、オノゴロ島《じま》と
いう島《しま》です。

＊矛《ほこ》…ぼうの先《さき》に剣《つるぎ》のようなものをつけた、やりに
にた武器《ぶき》。

イザナギとイザナミは、その島《しま》におりていって、広《ひろ》い御殿《ごてん》をたてました。

と、イザナギは、イザナミを見《み》て「おやあ？」と声《こえ》を上《あ》げました。

「なあに？」

「わたしには、一《ひと》つ、ちょんとつきでたところがあるね。だけど、おまえにはないぞ。」

「わたしが女《おんな》で、あなたが男《おとこ》だからでしょう。」

イザナミにいわれて、イザナギもうなずきました。

「なるほど、なるほど。」

「それでは、二人《ふたり》で国《くに》をつくりましょう。」

「よしよし、それではおまえはこの柱《はしら》を、そっちから回《まわ》ってきなさい。わたしは、こっちから回《まわ》るから。」

「はい。」

と、うなずいたイザナミは、柱《はしら》を回《まわ》ってイザナギを見《み》つけ、両手《りょうて》を
ほおに当《あ》ててさけびました。

「まあ、すてきなお方《かた》！」

そのあと、イザナギが両手《りょうて》を広《ひろ》げました。

「おお、なんと、かわいらしいむすめではないか。」

ところが、こうして夫婦《ふうふ》になって生《う》まれた子《こ》どもは、形《かたち》のない、
ぶよぶよしたものだったので、海《うみ》にすててしまいました。

「どうしてだろう。ちょっと上《うえ》にのぼって、ほかの神《かみ》さまたちに、
きいてくる。」

イザナギが天《てん》にのぼって、ほかの神《かみ》さまたちにきいてみたところ、

「それは、女《おんな》のイザナミから先《さき》に声《こえ》をかけたからかもしれんなあ。

今度《こんど》は、男《おとこ》のほうから声《こえ》をかけてみるといい。」

というので、もう一度《いちど》、はじめからやりなおすことにしました。

「では、おまえがそっちから、おれがこっちから。」

イザナミとイザナギは、うなずきあって柱《はしら》を回《まわ》りました。ただ、
今度《こんど》は先《さき》に、イザナギが声《こえ》をかけたのです。

「おお、これはなんと、かわいらしいむすめではないか。」

それで、イザナミも、

「まあ、すてきなお方《かた》!」

と、さけびました。

そして、二人《ふたり》は夫婦《ふうふ》になって、子《こ》どもをつくったのです。

すると、おぎゃあおぎゃあと、小《ちい》さいながらも、しっかりした赤《あか》んぼうが生《う》まれました。

「お、今度《こんど》は、だいじょうぶそうだぞ。」

この、さいしょに生《う》まれた赤《あか》んぼうとは、*1瀬戸内海《せとないかい》にうかぶ*2淡路島《あわじしま》のことです。

つづいて、四《よっ》つの顔《かお》を持《も》つ赤《あか》んぼうも生《う》まれました。これが今《いま》の*3四国《しこく》です。

二人《ふたり》は、かわいらしい女《おんな》の子《こ》、という

*1瀬戸内海《せとないかい》…本州《ほんしゅう》・四国《しこく》・九州《きゅうしゅう》にかこまれた海《うみ》。*2淡路島《あわじしま》…兵庫県《ひょうごけん》南部《なんぶ》にあり瀬戸内海《せとないかい》でいちばん大《おお》きな島《しま》。*3四国《しこく》…今《いま》の徳島《とくしま》、香川《かがわ》、愛媛《えひめ》、高知《こうち》の四県《けん》の地域《ちいき》。

意味《いみ》の＊1エヒメ、食《た》べ物《もの》を作《つく》る男《おとこ》という＊2イイヨリヒコ、＊3あわなどの穀《こく》物《もつ》がたくさんとれる＊4オオゲツヒメ、そして強《つよ》くてたくましい男《おとこ》という意味《いみ》の＊5タケヨリワケと、それぞれ名前《なまえ》をつけました。

それからも今《いま》の＊6九州《きゅうしゅう》や、ほかの大小《だいしょう》さまざまの島《しま》をうんでいって、最後《さいご》に、ひといちばい大《おお》きな島《しま》をうみました。

これが、お米《こめ》や麦《むぎ》などがゆたかに実《みの》る大《おお》きな島《しま》、という意味《いみ》のオオヤマトトヨアキヅシマ、今《いま》の＊7本州《ほんしゅう》でした。

それから、イザナギとイザナミは、今度《こんど》は、物《もの》や自然《しぜん》の神《かみ》さまたちをうむことにしました。家《いえ》の神《かみ》さま、屋根《やね》の神《かみ》さま……。

つづいて海《うみ》の神《かみ》、川《かわ》の神《かみ》、波《なみ》の神《かみ》、雨《あめ》の神《かみ》、木《き》、草《くさ》から、山《やま》や坂《さか》、谷間《たにま》の神《かみ》さまをうみました。

＊1エヒメ…今《いま》の愛媛県《えひめけん》のこと。＊2イイヨリヒコ…今《いま》の香川県《かがわけん》のこと。＊3あわ…イネ科《か》の植物《しょくぶつ》。飯《めし》やもち、だんごなどにして食《た》べられる。＊4オオゲツヒメ…今《いま》の徳島県《とくしまけん》のこと。＊5タケヨリワケ…今《いま》の高知県《こうちけん》のこと。

さらに、アメノトリフネという船《ふね》の神《かみ》さまや、食《た》べ物《もの》の神《かみ》さまをうみ、おしまいのほうで、火《ひ》をつかさどる神《かみ》さま、ヒノカグツチノカミをうんだのです。

ところが、この赤《あか》んぼうは、もえさかる火《ひ》そのものだったので、お母《かあ》さんのイザナミは、おなかに大《おお》やけどを負《お》ってしまいました。

「あつい、苦《くる》しい、いたい……。」

イザナミはなきながら、とうとう力《ちから》つきて、死《し》んでしまい、死者《ししゃ》が行《い》けるという黄泉《よみ》の国《くに》へと旅立《たびだ》っていってしまったのです。

イザナミが、イザナギと力《ちから》を合《あ》わせて、うんだ島《しま》の数《かず》は、オノゴロ島《じま》をふくめて、十五こ。神《かみ》さまは三十五柱《みそちあまりいつはしら》にのぼります。神《かみ》さまは人《ひと》ではないので、柱《はしら》とかぞえるのです。

＊６九州《きゅうしゅう》…日本列島《れっとう》の四《よっ》つの大《おお》きな島《しま》のうち、西南《せいなん》にある島《しま》。＊７本州《ほんしゅう》…日本列《れっ》島《とう》の真《ま》ん中《なか》にある、いちばん大《おお》きな島《しま》。

「ああ、なんということだろう。かわいいイザナミが死《し》んでしまうなんて！」
イザナミをなくしたイザナギは、おうおうとなきわめきました。
でもどんなことをしても、女神《めがみ》をこの世《よ》に、よびもどすことができなかったのです。

あれちゃん日記《にっき》 その1

「ん、どうしました？　お二人《ふたり》とも、むずかしい顔《かお》をして。」

はじめのお話《はなし》を、わたしが声《こえ》に出《だ》して読《よ》みおわったあと、博士《はかせ》がききました。

「だってせっかく夫婦《ふうふ》になれたのに、すぐに死《し》にわかれるなんて、かわいそすぎです。」

わたしがいうと、王女《おうじょ》さまもうなずきました。

「それに、なんで女《おんな》の神《かみ》さまから、先《さき》に声《こえ》をかけたらいけなかったの？　たいへんな思《おも》いをして、赤《あか》ちゃんをうむのも女《おんな》だし、なんだか、女《おんな》のほうがそんしてばかりいるみたい。」

「ん？　そ、そうかあ？　男《おとこ》だって、けっこうたいへんなんだぞ。」

博士《はかせ》はそう答《こた》えながらも、少《すこ》しひるんだような顔《かお》をして、

「それにしてもこの蘇蜜《そみつ》はうまいなあ。あれちゃんは、この蘇《そ》って何《なに》かわかるかね。牛《うし》のちちを煮《に》つめて作《つく》ったものだぞ。」

「ほえ〜。おいひいでふね（おいしいですね）。」

「あれちゃん、物《もの》を食《た》べながら話《はな》すんじゃありません。」

「ふぁい（はあい）。」

わたしはそう返事《へんじ》しながら、男《おとこ》と女《おんな》の役割《やくわり》について、あれこれ考《かんが》えてみたのでした。

2 黄泉《よみ》の国《くに》

イザナギは、イザナミをなくしてしまってからというもの、毎日《まいにち》なきくらしていました。

「せめて、もう一度《いちど》でいいから、イザナミに会《あ》いたいなあ。」

そう思《おも》ったら、もう、いてもたってもいられなくなってしまって、イザナギは、とうとう黄泉《よみ》の国《くに》へと行《い》ってみることにしました。

黄泉《よみ》の国《くに》は、夜見《よみ》の国《くに》ともいって、死者《ししゃ》がすむ、地下《ちか》の真《ま》っ暗《くら》な夜《よる》だけの世界《せかい》でした。

かべをさわりながら、イザナギは、やっとのことで下《した》までおりていったのですが、とちゅうにつめたい石《いし》のとびらがあって、そこから先《さき》は進《すす》むことができません。

「おおい、おおい、イザナミやあ、イザナミやあ。」

イザナギは、とびらをどんどんとたたきながら、何度《なんど》もつまの名《な》前《まえ》をよびました。すると、その声《こえ》を聞《き》きつけたのか、とびらの向《む》こうから、なつかしいイザナミの声《こえ》が聞《き》こえたのです。

「あなた、あなたなの？」

「おお、そうだぞ。ここを開《あ》けておくれ。」

イザナギも、一生《いっしょう》けん命《めい》にいいました。

「ああ、あなた……。わたしも帰《かえ》りたい。でも、だめなの。もう、わたしはこの黄泉《よみ》の国《くに》の食《た》べ物《もの》を食《た》べ、水《みず》を飲《の》んでしまったのよ。すっかり、かわってしまったわ。」

「そんなこといわないで、いっしょに帰《かえ》ろう。わたしは、きみがどんなすがたになっていようと、かまわない。」

イザナギの言葉《ことば》に、イザナミはうれしそうに答《こた》えました。

「それほどまでいってくださるなら……。わたしだって帰《かえ》りたいもの。では、そこでちょっと待《ま》ってて。黄泉《よみ》の国《くに》の神《かみ》さまたちに、帰《かえ》ってもよいかどうか相談《そうだん》してきますから。でも、その間《あいだ》、ぜったいに、このとびらを開《あ》けてわたしのすがたを見《み》ないでくださいね。」

イザナミが、かけていく足音《あしおと》がしたので、イザナギは石《いし》のとびらにもたれて、待《ま》つことにしました。

でも、なかなかイザナミは帰《かえ》ってきません。

おそいなあ、どうしたんだろう。

待《ま》ちきれなくなって、イザナギはとびらをぎいっと開《あ》けて、中《なか》をのぞいてみました。

あたりは真《ま》っ暗《くら》です。イザナギは、髪《かみ》にさしていたくしをぬいて、火《ひ》をつけてみました。

ぼおっと明《あ》かりがつくと、向《む》こうに何《なに》やらゆかでうねうねと、うごめいているものが見《み》えました。

イザナギは、近《ちか》づいていって、

「わっ。」

と、さけびました。

そこには、かわりはてた、イザナミの*1なきがらがあったからです。しかも頭《あたま》やからだには、*2雷神《いかづちのかみ》たちがしがみつき、こちらをにらんでいたのでした。

*1なきがら…死《し》んだ人《ひと》の体《からだ》。　*2雷神《いかづちのかみ》…雷《かみなり》の神《かみ》。雷《かみなり》が起《お》こす現象《げんしょう》をつかさどる神《かみ》。

イザナギはおそろしくて、すぐに、にげだしました。
すると、イザナミはむっくりと起《お》きあがり、真《ま》っ赤《か》にさけた口《くち》でさけんだのです。
「見《み》たなあ！　見《み》ないでくださいと、あれほどたのんだのにいい。それ、ものども、あいつをつかまえろ。」
イザナミが命《めい》じると、黄泉《よみ》の国《くに》のみにくい鬼女《きじょ》たちが、ごおごおと、なまぐさい風《かぜ》とともに、どんどん近《ちか》

づいてきます。

イザナギが、髪《かみ》をたばねていたつる草《くさ》を後《うし》ろに投《な》げると、たちまちぶどうの実《み》となったので、鬼女《きじょ》たちはわらわらとたかって、むしゃむしゃと食《た》べはじめました。

でもしばらくすると、さっきの鬼《き》女《じょ》たちが、またわさわさ追《お》いかけてきます。

そこでイザナギが今度《こんど》は、くしを折《お》って地《ち》にまくと、竹《たけ》の子《こ》となって、にょきにょき生《は》えてきました。

鬼女《きじょ》たちは、今度《こんど》もそれにとびついて、がつがつ食《た》べはじめたのですが、すぐに食《た》べつくして、また追《お》いかけてきます。

と、そのとき目《め》の前《まえ》に、長《なが》い坂《さか》が見《み》えてきました。

この世《よ》と黄泉《よみ》の国《くに》の、さかいにある比良坂《ひらさか》です。そこに、ももの木《き》があって、実《み》が三《みっ》つなっていました。

イザナギはそれをつかむと、思《おも》いきって、追《お》っ手《て》に向《む》かって投《な》げつけました。すると、どうでしょう。

「わわわわ、ももだあ。」

鬼女《きじょ》たちが頭《あたま》をかかえて、にげかえっていきます。

ももには、ふしぎな力《ちから》があったのです。

イザナミは、手下《てした》の鬼女《きじょ》たちが、にくい夫《おっと》をつかまえそこなったのを知《し》って、とうとう自分《じぶん》で追《お》いかけてきました。

それを見《み》て、イザナギは必死《ひっし》になって、近《ちか》くにあった大岩《おおいわ》をおしてくると、坂《さか》の真《ま》ん中《なか》にどんとおきました。

「もう、ここからこっちへは来《こ》れないぞ。」

イザナミはそれを聞《き》いて、

「わかりました。あなたがそんなことをするなら、わたしはこれから、あなたの国《くに》の人々《ひとびと》を、一日《にち》に千人《にん》ずつ殺《ころ》すことにします。」

「なんと……。」

イザナギは、空《そら》をあおぎましたが、すぐに答《こた》えました。

「それならば、わたしのほうは、これより一日《にち》に千五百人《にん》の子《こ》どもをうませるようにしよう。」
こうして、このイザナミののろいと、イザナギのちかいのために、この国《くに》では、一日《にち》に千人《にん》が死《し》に、その代《か》わりに千五百人《にん》の子《こ》どもが、生《う》まれるようになったのです。

命《いのち》からがら、黄泉《よみ》の国《くに》からもどってきたイザナギは、急《いそ》いでからだをあらったのですが、そのときぬいだ衣《ころも》や、髪《かみ》かざりからも、次《つぎ》々《つぎ》と神々《かみがみ》がうまれていきました。

さらに、川《かわ》に入《はい》り左《ひだり》の目《め》をあらったとき、美《うつく》しい女《おんな》の神《かみ》さまが生《う》まれました。これがアマテラスです。

それから、右《みぎ》の目《め》をあらうとツクヨミが、鼻《はな》をあらうと、丸々《まるまる》と

太《ふと》った男《おとこ》の子《こ》の神《かみ》さま、スサノオが生《う》まれました。

「おお、わたしはたくさんの子《こ》どもをつくってきたが、とうとう、こんなにも＊1とうとい三人《にん》の赤《あか》んぼうを、さずかることができるとは！」

イザナギは心《こころ》のそこからよろこんで、三人《にん》の赤《あか》んぼうを次々《つぎつぎ》とだきあげ、ほおずりをすると、姉《あね》のアマテラスの首《くび》に、きらめく玉《たま》かざりをかけてやったのです。

「アマテラスよ、おまえはわたしに代《か》わって、これからこの世界《せかい》、すなわち＊2高天原《たかまがはら》をおさめなさい。」

「はい。」

アマテラスが返事《へんじ》をすると、玉《たま》かざりは、首元《くびもと》で、きらきらと音《ね》色《いろ》を立《た》てました。

つづいて、ツクヨミにもいいました。

「ツクヨミは、夜《よる》の国《くに》をおさめなさい。」

そして最後《さいご》に、スサノオにつげたのです。

「おまえは、海《うみ》をおさめるのだ。」

こうして、イザナギは、三人《にん》の子《こ》どもたちに、天《てん》と夜《よる》と海《うみ》の国《くに》をまかせることにしたのでした。

＊1とうとい…すぐれた、すばらしい。

＊2高天原《たかまがはら》…多《おお》くの神々《かみがみ》がいたとされる天上《てんじょう》の世界《せかい》。

あれちゃん日記《にっき》 その2

「このももには、そんなすごい力《ちから》があったのですね。」

わたしは、ももを一《ひと》つつかんで、しげしげと見《み》てみました。

さっき王女《おうじょ》さまのめし使《つか》いが、器《うつわ》にいっぱい持《も》ってきてくれたのです。

「さよう、ももには昔《むかし》から、わざわいをよける霊力《れいりょく》があると、つたえられておるのです。春《はる》をよぶといわれる花《はな》は、美《うつく》しいし。」

博士《はかせ》は大《おお》きなももの皮《かわ》をむいて、かぶりとかじりながら、

「実《み》もうまい。いうことなしですなあ。」

と、ぽたぽたしるを落《お》としながら、口《くち》を手《て》でぬぐいました。

「それであのキビツヒコ*も、あんなに力持《ちからも》ちで、鬼《おに》たいじもできたのでしょうか。」

王女《おうじょ》さまがきくと、博士《はかせ》はうなずきました。

「そうかもしれませんね。霊力《れいりょく》があるといえば竹《たけ》もですよ。ほうっておいても、すくすくのびる竹《たけ》には、強《つよ》い生命力《せいめいりょく》があるといわれてますから。」

そのとき王女《おうじょ》さまの目《め》が、きらりんと光《ひか》りました。

「竹《たけ》から生《う》まれた女《おんな》の子《こ》の話《はなし》とか、あったら、おもしろそうね。」

*キビツヒコ…古代《こだい》日本の皇族《こうぞく》。「もも太郎《たろう》」の話《はなし》のモデルといわれる。

3 天《あま》の岩戸《いわと》

三人《にん》の子《こ》どもの神《かみ》さまは、お父《とう》さんのイザナギに命《めい》じられて、それぞれの国《くに》をおさめることになったのですが、末《すえ》っ子《こ》のスサノオだけは、海《うみ》のめんどうを、なかなか見《み》ようとはしませんでした。

「お母《かあ》さんに会《あ》いたいよう、お母《かあ》さんのイザナミに、会《あ》わせてくれよう。」

いつしか髪《かみ》もひげも、のびほうだいの大男《おおおとこ》になっても、小《ちい》さな赤《あか》んぼうのように、手足《てあし》をふんばってなきわめいているのです。

イザナギは、とうとう顔《かお》を真《ま》っ赤《か》にして、どなりました。

「このばか者《もの》！　そんなにお母《かあ》さんが恋《こい》しいなら、この国《くに》から出《で》ていけ。」

お父《とう》さんにしかられ、スサノオは、しょんぼりしてしまいました。

「でも、その前《まえ》に大《だい》すきなお姉《ねえ》さんに、おわかれをいわなければ。」

こうしてスサノオは、姉《あね》のアマテラスの住《す》む高天原《たかまがはら》へと、ずんずんのぼっていったのです。

ところが、もともと大男《おおおとこ》のらんぼう者《もの》ですから、スサノオが、のぼってくると、おだやかだった高天原《たかまがはら》はゆれ、ざわめきたちました。

おどろいたのは、女神《めがみ》のアマテラスでした。

「あのらんぼう者《もの》が、ここにやってくるなんて……。きっと、わたしの高天原《たかまがはら》をうばいにきたんだわ。」

アマテラスは、よろいを着《き》ると、弓《ゆみ》と矢《や》を持《も》って、大《おお》ぜいの手下《てした》の女《おんな》たちと、待《ま》ちかまえていました。

そこへやってきたスサノオは、ぽかんと口《くち》を開《あ》け、ききました。

「お姉《ねえ》ちゃん、そのかっこうは何《なに》？」

「おまえが、悪《わる》さをしないよう、見《み》はっているのだ。」

「そんなあ、おれの心《こころ》はぴかぴかだぞ。うたがうなら、そこの天《あま》の川《がわ》で子《こ》どもくらべをしよう。」

「よいだろう。」

まずアマテラスが、スサノオの持《も》っていた刀《かたな》を取《と》って、三《みっ》つにぺきぺきと折《お》ると、口《くち》にふくんで、ぷっとふきだしました。

するとあたりにかぐわしい*かおりがしたかと思《おも》うと、三人《にん》の小《ちい》さな美《うつく》しい女神《めがみ》があらわれました。

「今度《こんど》は、おまえの番《ばん》ですよ。」

「わかった。」

スサノオは、姉《あね》の髪《かみ》かざりをもらって、それをがりがりとかみくだき、ぺっとはきだしました。

するとこちらは、五人《にん》のいさましい男《おとこ》の神《かみ》さまがあらわれました。

*かぐわしい…よいにおいがする。

「この五人《にん》は、わたしの髪《かみ》かざりから生《う》まれたから、わたしの子《こ》です。女神《めがみ》たちは、おまえの刀《かたな》から生《う》まれたので、おまえの子《こ》です。」

「ほーれ、ごらん。」

スサノオは、いばって、からからわらいました。

「おれの心《こころ》がきよらかだから、こんな美《うつく》しい女神《めがみ》が生《う》まれたのだぞ。おれの勝《か》ちだな。」

スサノオは、もう大《おお》はしゃぎです。

勝《か》った、勝《か》ったと、ぴょんぴょんはねながら、姉《あね》のアマテラスが大切《たいせつ》に育《そだ》てていた田《た》んぼをふみあらしたり、みんなに向《む》かって、おしりをぶりぶりふってみせたりして、もうたいへん。

「はあ、やれやれ。」

アマテラスも、これには、にがわらいするしかありません。でも、スサノオのよろこびぶりは、どんどんひどくなるばかりです。調子《ちょうし》に乗《の》りすぎて、しまいには姉《あね》の神聖《しんせい》な神殿《しんでん》にのぼって、屋根《やね》にあなを開《あ》け、馬《うま》をぽーんと投《な》げこんだのです。神《かみ》さまのために、衣《ころも》を織《お》っていた*1織女《おりめ》の一人《ひとり》が、きゃっと悲鳴《ひめい》を上《あ》げてひっくりかえりました。

「ああ、もうたくさん。」

アマテラスは何《なに》もかもがいやになって、高天原《たかまがはら》にある*2天《あま》の岩屋《いわや》にもぐりこみ、岩《いわ》で戸《と》をふさいで、中《なか》にこもってしまったのです。

そのとたん、アマテラスといっしょに太陽《たいよう》が消《き》え、天上《てんじょう》の国《くに》、高《たか》天原《まがはら》だけでなく、地上《ちじょう》も真《ま》っ暗《くら》になってしまいました。

*1織女《おりめ》…織物《おりもの》をおる女性《じょせい》。　*2天《あま》の岩屋《いわや》…高天原《たかまがはら》にあったという、岩《いわ》のほらあな。天《あま》の岩戸《いわと》ともいう。

暗《くら》くなると、悪《わる》い魔物《まもの》たちがさわぎだします。

「これはこまったぞ。」

空《そら》の神《かみ》さまたちも、地上《ちじょう》の人《ひと》たちも頭《あたま》をかかえてしまいました。

でも、アマテラスは、とじこもったままです。

なんとかしなければと、世界《せかい》じゅうの神《かみ》さまたちが集《あつ》まってきて、会議《かいぎ》を開《ひら》くことにしました。

天上界《てんじょうかい》きっての知恵《ちえ》の神《かみ》オモイカネが、うーんとうで組《ぐ》みをして考《かんが》えに考《かんが》えたあと、ぽんと手《て》を鳴《な》らしました。

「そうだ、こうしよう。」

それから、鏡《かがみ》づくりの神《かみ》に大《おお》きな鏡《かがみ》を、玉《たま》かざりづくりの神《かみ》には*勾玉《まがたま》が五百もつらなる玉《たま》かざりを作《つく》らせ、木《き》にとりつけたのです。

次《つぎ》に、オモイカネは力持《ちからも》ちの神《かみ》さまをよんで、岩屋《いわや》のわきにかくれているように命《めい》じました。

「あとは、アマテラスのお気《き》に入《い》りの、アメノウズメにまかせよう。」

「はい。」

きみょうな衣装《いしょう》をまとったアメノウズメは、しゃなりしゃなり、岩屋《いわや》の前《まえ》にやってくると、足《あし》をふみ、手《て》を鳴《な》らしておどりはじめました。

くねくねこしを回《まわ》したり、とんだりはねたりして、ついには、むねも

*勾玉《まがたま》…昔《むかし》の人々《ひとびと》が、ひもを通《とお》して首《くび》かざりなどに使《つか》った、曲《ま》がった形《かたち》の玉《たま》。

あらわにしてのはだかおどり。

あまりのおもしろさに、

「わはははっ。」

と、*八百万《やおよろず》の神《かみ》たちが、声《こえ》を合《あ》わせてわらいだしました。

「わははは。」

「おほほほ。」

岩屋《いわや》のおくにとじこもっていたアマテラスは、外《そと》のさわがしさに、なんだろうと顔《かお》を上《あ》げました。

「わたしがかくれて、世界《せかい》は暗《くら》くなり、みな、しずんでいるはずと思《おも》ったら……。」

気《き》になって、アマテラスは、とうとう岩戸《いわと》をそっと開《あ》け、顔《かお》を出《だ》しました。

「これ、アメノウズメや。おまえは何《なに》をそんなに楽《たの》しそうにおどっているのです。神《かみ》たちもどうしてそんなにわらっているの？」

アメノウズメが、ぴょんと、でんぐりがえしをして答《こた》えました。

「それは、ここに、すばらしい神《かみ》さまがおいでになったからです。ほーら、ごらんなさいまし。」

アマテラスが、もっとよく見《み》ようとすき間《ま》を広《ひろ》げたので、アメノウズメのまわりにいた神《かみ》たちが、鏡《かがみ》をさしだしました。

すると、大《おお》きな鏡《かがみ》に美《うつく》しい女神《めがみ》が、てりかがやいてうつしだされたので、アマテラスは目《め》をうたがい、さらに身《み》を乗《の》りだしました。

それを見《み》て、今《いま》だとばかりに、力持《ちからも》ちの神《かみ》が、アマテラスの手《て》を

*八百万《やおよろず》…ひじょうに数《かず》が多《おお》いこと。

取《と》って引《ひ》きよせ、さあっと、ほかの神《かみ》たちが、岩屋《いわや》の前《まえ》に、しめなわ[*1]をめぐらせてしまいました。

こうすると女神《めがみ》は、あなの中《なか》にもどれません。

「アマテラスさま、もうこの中《なか》に、
おもどりにならないように。」
知恵《ちえ》の神《かみ》さまのオモイカネが、さ
とすようにいうと、アマテラスは、
こっくりうなずきました。
こうして、アマテラスが、ふたた
びすがたをあらわしたので、この
世《よ》にあまねく*2光《ひかり》がもどったのです。

*1しめなわ…とうとい場所《ばしょ》と、ほかの場所《ばしょ》を区切《くぎ》るために、はるなわ。*2あまねく…すみずみまで。広《ひろ》く。

あれちゃん日記《にっき》 その3

「このときに使《つか》われた、大《おお》きな鏡《かがみ》と勾玉《まがたま》こそ、八尺鏡《やたのかがみ》と八尺勾玉《やさかのまがたま》といって、のちに帝《みかど》の皇位《こうい》のしるしとなる、*1三種《さんしゅ》の神器《じんぎ》のうちの二《ふた》つなんですぞ、あれちゃん。」

博士《はかせ》に急《きゅう》にいわれて、ゆかにおかれたおかしに、手《て》をのばそうとしていたわたしは、びくっとしました。

「あ、そうなんですか……。」

「この天《あま》の岩戸《いわと》の話《はなし》には、ほかにも、今《いま》につたわるいろんな物《もの》が出《で》てくるのだよ。たとえば、しめなわとかね。」

神社《じんじゃ》にかざられるしめなわは、神《かみ》さまのいる神聖《しんせい》な場所《ばしょ》と*2現世《げんせ》

＊１三種《さんしゅ》の神器《じんぎ》…天皇《てんのう》のしるしとして受《う》けついだという三《みっ》つの宝物《たからもの》。八尺勾玉《やさかのまがたま》・八尺鏡《やたのかがみ》・草《くさ》なぎの剣《つるぎ》のこと。＊２現世《げんせ》…この世《よ》。

を分《わ》けるものだけれど、向《む》こうに行《い》ってはいけない、という意味《いみ》で使《つか》うこともあるのだそうです。

「そうだ、岩戸《いわと》といえば……あれちゃんって、このお話《はなし》に登場《とうじょう》するアメノウズメの子孫《しそん》でしたなあ。」

博士《はかせ》がいったので、王女《おうじょ》さまは身《み》を乗《の》りだしました。

「それはほんとうなの？」

「え、まあ……。」

わたしはうなずきました。いやな予感《よかん》がします。

アメノウズメが地上《ちじょう》におりてきて、伊勢《いせ》の国《くに》の*3国神《くにつかみ》さまと結婚《けっこん》したのが、わたしの先祖《せんぞ》の稗田《ひえだ》一族《いちぞく》なのです。

「稗田《ひえだ》のおうちは、昔《むかし》からいろんないいつたえを、今《いま》につたえて

*3国神《くにつかみ》…地上《ちじょう》の国《くに》（中《なか》つ国《くに》）の神《かみ》。

きたのよね。だったら、もちろんつたえられているわよね。」

「な、何《なに》が？」

「もちろん……あれ。ねえ、見《み》せてよ、はだかおどり。」

やっぱり、そうきたかあ！

「だめです。あれは＊1神事《しんじ》のとき以外《いがい》は、＊2門外不出《もんがいふしゅつ》の＊3秘伝《ひでん》ですから。」

「そうなの……。それはざんねんね。」

王女《おうじょ》さまの＊4落《らく》たんぶりに、少《すこ》しぐらいなら、ちらっとお見《み》せしても……と思《おも》ったのですが、急《いそ》いで首《くび》をふりました。

やっぱりだめ。だって、はずかしくて死《し》にそうになるからです。

「あ、この、＊5ぶというおかしって、しめなわにちょっとにてませんか？　とくに、頭《あたま》のところのひだひだが。」

＊１神事《しんじ》…神《かみ》に関《かん》する儀式《ぎしき》。＊２門外不出《もんがいふしゅつ》…大切《たいせつ》な芸術《げいじゅつ》などを、他人《たにん》に見《み》せたりかしたりしないで、しまっておくこと。＊３秘伝《ひでん》…秘密《ひみつ》にして、とくべつな人《ひと》にしか教《おし》えないことがら。＊４落《らく》たん…がっかりすること。

わたしはその場《ば》をごまかそうと、おかしを持《も》ちあげました。

「おう、それはわたしもそう思《おも》っていたのですよ。元《もと》は*6唐《とう》から来《き》た物《もの》です。米粉《こめこ》をねって油《あぶら》であげた物《もの》で、神《かみ》さまにささげようと、ひとくふうしてこしらえたのが、このぶとなんです。」

「へえ〜。だったら。これ、全部《ぜんぶ》わたしの物《もの》ですね。」

「なんで?」

「だってわたしも、アメノウズメの血《ち》を引《ひ》く、神《かみ》さまの*7はしくれですからね。わたしにおそなえしてください。」

わたしはそういって、器《うつわ》ごと、おかしをかかえてにんまりしたのです。

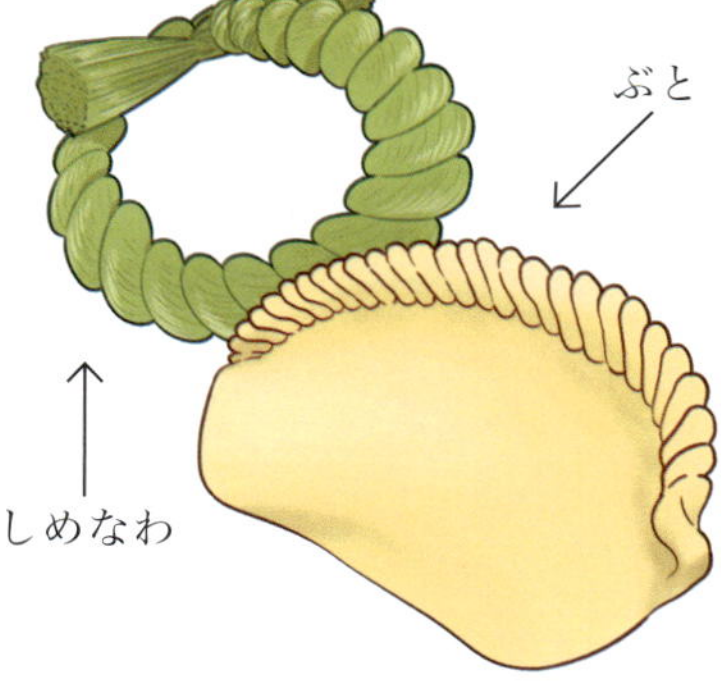

＊5ぶと…穀物《こくもつ》をねり、油《あぶら》であげた食《た》べ物《もの》。＊6唐《とう》…618年《ねん》から907年《ねん》までつづいた、中国《ちゅうごく》の王朝《おうちょう》。＊7はしくれ…そこにぞくしているが、つまらない者《もの》であると、自分《じぶん》をひかえ目《め》にいういい方《かた》。

4 ヤマタノオロチ

天《あま》の岩戸《いわと》事件《じけん》からしばらくして、スサノオは一人《ひとり》、地上《ちじょう》をとぼとぼと歩《ある》いていました。

大《おお》さわぎして、姉《あね》のアマテラスをおこらせてしまったばつとして、とうとう高天原《たかまがはら》を追《お》いだされてしまったのです。

「ああ、はらがへったなあ。」

スサノオは、これからどうしたものかと思《おも》っていると、向《む》こうに大《おお》きな屋《や》しきが見《み》えてきました。

庭先《にわさき》で年老《としお》いた夫婦《ふうふ》と、美《うつく》しいむすめが、だきあうようにして、

しくしくないています。

「どうしたのだね。」

スサノオがたずねると、年老《としお》いた男《おとこ》は、目《め》の前《まえ》に立《た》っていた大男《おおおとこ》に*おののきながら、答《こた》えました。

「わたしはこの国《くに》をおさめる国神《くにつかみ》で、こちらは、むすめのクシナダひめです。」

じつはと、国神《くにつかみ》のじいさまがいうには、この近《ちか》くにヤマタノオロチというおそろしい怪物《かいぶつ》がいて、毎年《まいとし》のようにやってきてはむすめを一人《ひとり》ずつ食《た》べていくのだそうです。

「わたしたちには、八人《にん》のむすめがいたのですが、のこるは、このクシナダひめ一人《ひとり》きりに。」

*おののく…おそろしさなどで、体《からだ》や手足《てあし》がぶるぶるふるえる。

そろそろヤマタノオロチがまたやってくるので、わかれが悲《かな》しくて、三人《にん》でないていたのだといいます。

「その、ヤマタノオロチとはなんだ？」

スサノオがきくと、じいさまはぶるっと身《み》ぶるいしました。

「それはおそろしい化《ば》け物《もの》で、頭《あたま》は八《やっ》つ、尾《お》も八《やっ》つ、目《め》は真《ま》っ赤《か》にもえ、その大《おお》きさときたら、八《やっ》つの谷《たに》、八《やっ》つの山《やま》ほどもあり、はらのあたりから、どろどろ血《ち》がにじんでいるのでございますよ。」
「へええ……。」
スサノオは、ちょいと考《かんが》え、それから老人《ろうじん》にいいました。

「よし、おれがその化《ば》け物《もの》をたおしてやろう。その代《か》わりに、このむすめを、おれのつまにもらえないか。」

「あなたが？」

「おれはアマテラスの弟《おとうと》で、今《いま》、天上世界《てんじょうせかい》からおりてきたところだ。」

「それはまことで……。」

年老《としお》いた夫婦《ふうふ》とむすめは、目《め》をみはり、頭《あたま》を下《さ》げました。

「そのような高《たか》い身分《みぶん》のお方《かた》とは知《し》らず、失礼《しつれい》しました。」

「おお、まかせておけ。」

スサノオはうなずくと、魔力《まりょく》で、クシナダひめを美《うつく》しいくしにかえ、自分《じぶん》の髪《かみ》にさしてかくすと、*山神《やまがみ》たちに命《めい》じました。


*山神《やまがみ》…山《やま》をつかさどる神《かみ》。

「強《つよ》い酒《さけ》をつくり、かめに入《い》れて、八《やっ》つの門《もん》におくのだ。」

「はい、ただいま。」

山神《やまがみ》たちが、なんとか、じゅんびをしおわったときです。

ずうんずうんと地面《じめん》がゆれました。

怪物《かいぶつ》が、やってきたのです。風《かぜ》がごおごおとふき、あたりに、なまぐさいにおいが立《た》ちこめてきました。

スサノオは、みなにかくれるようにいうと、こしの剣《けん》をぬいて屋《や》根《ね》の上《うえ》にあぐら*をかきました。

やがて、ヤマタノオロチがやってきて、くんくんと鼻《はな》を鳴《な》らしました。酒《さけ》のかおりに気《き》がついたのです。

「これは、ごちそうだぞ。」

ヤマタノオロチはしたなめずりをすると、門《もん》から八《やっ》つの首《くび》をそれぞれつっこんで、かめの酒《さけ》をがぶがぶと飲《の》みはじめました。

強《つよ》い酒《さけ》ですから、さすがの化《ば》け物《もの》も、よっぱらってねむくなったのか、頭《あたま》が一《ひと》つずつ、地面《じめん》にくたっとのびていきます。

最後《さいご》の頭《あたま》がたれさがり、ぐおっといういびきしか聞《き》こえなくなると、スサノオは、怪物《かいぶつ》にきりかかりました。

怪物《かいぶつ》の頭《あたま》が次々《つぎつぎ》にとび、たちまち、川《かわ》は怪物《かいぶつ》の血《ち》で、真《ま》っ赤《か》にそまっていきます。

目《め》をさまし、うおおっと、のたうちまわるヤマタノオロチに、とどめをさそうと、スサノオがその尾《お》をきったときでした。

カーンとはじかれ、刃《は》がかけてしまいました。

＊あぐらをかく…両足《りょうあし》を前《まえ》に組《く》んですわること。

なんだろうとのぞいてみると、しっぽから、すばらしい宝剣《ほうけん》が出《で》てきました。

「これは、おれのような者《もの》が持《も》つべき物《もの》ではない。お姉《ねえ》ちゃんに、あげよう。」

スサノオは、高天原《たかまがはら》のアマテラスに、宝剣《ほうけん》をおくることにしました。

これが、のちに帝《みかど》の皇位《こうい》のしるしとなる、「三種《さんしゅ》の神器《じんぎ》」の一《ひと》つ、草《くさ》なぎの剣《つるぎ》でした。

今《いま》まで、怪物《かいぶつ》に苦《くる》しめられていた人々《ひとびと》は、大《おお》よろこびです。
それから、スサノオは、このクシナダひめと結婚《けっこん》し、この土地《とち》に
大《おお》きな宮殿《きゅうでん》をつくりました。
これが、のちの*出雲《いずも》の国《くに》の始《はじ》まりです。

＊出雲《いずも》…今《いま》の島根県東部《しまねけんとうぶ》あたり。

あれちゃん日記《にっき》 その4

やがてスサノオは、お母《かあ》さんのいる地下《ちか》の根《ね》の国《くに》へまいることになるのですが……、それはのちのこと。

「このヤマタノオロチは、川《かわ》の水害《すいがい》とも、山《やま》の火山《かざん》の噴火《ふんか》をあらわしたものとも、いわれておるのです。」

博士《はかせ》はそういうと、王女《おうじょ》さまは何度《なんど》もうなずきました。

「そうだと思《おも》った。でも、こういうとき悪《わる》い竜《りゅう》とかの生《*い》けにえにされるのって、どうしていつも、むすめや子《こ》どもなの？」

「それは、なんだな。たとえばわたしみたいな、すっかり大人《おとな》が食《く》ってくれといったところで、おまえなんていらん、食《く》ったらはらがいたくなる、とかいわれて、もっと、あばれられるからじゃないかな。」

「なるほど。」

わたしがぽんと手《て》をたたくと、博士《はかせ》はいやそうな顔《かお》をしました。

「そういうときは、そんなことはないでしょう、とかいうものですぞ。」

「あ、すみません。」

「まあいい。それよりこのスサノオとクシナダひめの、さいしょの子《こ》どもから、六代《だい》あとに生《う》まれたのがオオナムヂ、またの名《な》を、のちに国《くに》を支配《しはい》する神《かみ》さまという意味《いみ》の、オオクニヌシというのだよ。」

＊生《い》けにえ…神《かみ》へのそなえ物《もの》として、生《い》きている人《ひと》や動物《どうぶつ》をささげること。

ここまでが高天原《たかまがはら》の神《かみ》さまたちのお話《はなし》、次《つぎ》からいよいよ、そのオオクニヌシが、活《かつ》やくすることになりますぞ。」

博士《はかせ》は、そういうと、丸々《まるまる》と太《ふと》ったおなかをさすりました。

「ちょいとわたしににた、よい男《おとこ》だ。」

「えっ、オオナムヂって、すごくかっこいいって聞《き》いてたのに、ちがうんですか？」

「こんなふうに太《ふと》るのは、もっとずっと年《とし》をとってからで、オオナムヂといわれていたころは、まだすらっとした＊こう青年《せいねん》だったみたいです。それもわたしと同《おな》じかも、ははは。」

「それも、あまり聞《き》きたくなかったかも。」

王女《おうじょ》さまは、ざんねんそうな顔《かお》をしていました。

＊こう青年《せいねん》…素直《すなお》で、感《かん》じのよい青年《せいねん》。

5 いなばの白《しろ》ウサギ

それはまだオオクニヌシが、オオナムヂと、よばれていたころのことです。オオナムヂには、母《はは》ちがいの兄《あに》の神《かみ》さまが、たくさんおりました。

そのころ、＊いなばの国《くに》に、ヤガミひめという美《うつく》しいひめさまがいて、兄《あに》の神《かみ》たちはみな、自分《じぶん》の妻《つま》にしたいと、ねがっていました。

＊いなば…今《いま》の鳥取県東部《とっとりけんとうぶ》あたり。

そこで、ひめに結婚《けっこん》を申《もう》しこむんだと、みんなで旅《たび》をしていたのです。

「ひめさまのむこは、おれで決《き》まりだな。」

「いや、ぼくでしょう。」

兄《あに》の神《かみ》さまたちは口々《くちぐち》にいいながら、後《うし》ろをふりむいて、どなりつけました。

「おーい、もたもたするなよ。」

「す、すみません。」

一人《ひとり》おくれて、大《おお》きな荷物《にもつ》をかついで歩《ある》いていたオオナムヂは、ひたいにあせをいっぱいうかべながら、答《こた》えました。

なにしろ兄弟《きょうだい》の中《なか》でいちばんの年下《としした》で、家来《けらい》のようにあつかわれ、

みんなの荷物《にもつ》を、一人《ひとり》で背負《せお》わされていたのです。

「みんな、どんどん先《さき》に行《い》ってしまうんだもの、まいったなあ。」

*1おいてきぼりをくったオオナムヂが浜辺《はまべ》でぼやいていると、どこからともなくヒックヒックヒックという、なき声《ごえ》が聞《き》こえてきました。見《み》ると毛《け》をむしられ、ひふも真《ま》っ赤《か》になったウサギが、あわれにも横《よこ》たわっていました。

「どうしたんだい？」

オオナムヂがきくと、ウサギは、なきながらいいました。

「おいらは、あっちのオキノ島《しま》に住《す》んでいたんだけど、いつかこちらへわたってきたいと思《おも》っていたのです。でも、泳《およ》げませんから、どうしたもんかと考《かんが》え、海《うみ》にいる*2ワニザメたちを、ひとつだまし

*1おいてきぼり…仲間《なかま》などをおいたまま、行《い》ってしまうこと。おきざり。*2ワニザメ…もともと、日本にワニは生息《せいそく》していないことから、サメと考《かんが》えられている。

てやろうと、思《おも》いついたのです。」

そこでウサギは、ワニザメをよびつけ、

「きみたちもたくさんいるけど、オキノ島《しま》にすむ、おいらたちウサギのほうがずっと多《おお》いよ。うそだと思《おも》うなら、どれ、この島《しま》から向《む》こうまでならんでみてよ、おいらが数《かぞ》えてあげるから。」

「それは、なかなかよい考《かんが》えだ。」

と、ワニザメたちは、見事《みごと》に引《ひ》っかかりました。

「しめた！」と、ウサギは、ずらっとな

らんだワニザメの背《せ》を、ピョンピョンはねてきたのですが、あまりにうまくことが運《はこ》んだので、うれしくて、ついひとりごとをいってしまったのです。

「ワニザメも、ほんとおばかさんだねえ。おかげで、楽《らく》してこっちへわたれたよ。おつかれさん！」

ところが、いちばんしまいのワニザメがそれを聞《き》いて、おこったのなんの。たちまちウサギをつかまえて、毛皮《けがわ》をはいでしまったのでした。

「それで苦《くる》しんでないていたところ、たくさんの神《かみ》さまたちがお通《とお》りになって、『元《もと》のすがたにもどりたかったら、海水《かいすい》でからだをあらい、風通《かぜとお》しのよいところでかわかしたらよい』と、教《おし》えてくれたのですが……。やってみたら、よくなるどころか、きずがいたくてたまらなくて。」

「そんなことをしたら、かえって、いたくなるに決《き》まっているよ。」

これは、兄《にい》さんたちが意地悪《いじわる》をしたにちがいありません。

「かわいそうに。そういうときは、川《かわ》に行《い》って、真水《まみず》でからだをあらいなさい。それから川辺《かわべ》に生《は》えているがまのほを取《と》って、その上《うえ》でそっとねころべば、すぐになおるからね。」

ウサギがいわれるとおりにやってみたところ、たちまち元《もと》のとおりに毛《け》が生《は》えて、きれいなからだにもどることができました。

このウサギが兎神《うさぎがみ》ともいわれる、いなばの白《しろ》ウサギです。

「どうも、ありがとうございます。」

いなばの白《しろ》ウサギは、オオナムヂにお礼《れい》をいうと、

「あなたの未来《みらい》が、ようく見《み》えますよ。あなたがきっと、ヤガミひめさまの心《こころ》を射《い》とめるでしょう。」

じつはこのウサギは、ヤガミひめに仕《つか》えていたのです。

しばらくして、ヤガミひめのもとへおしかけて、兄《あに》の神《かみ》たちが、結婚《けっこん》を申《もう》しこんでみたところ、ひめは、つんと顔《かお》をそむけて、いいました。

「だれが、あなたたちと結婚《けっこん》するものですか。わたしのかわいいウサギをひどい目《め》にあわせて。わたしは、やさしいオオナムヂさまのもとへお嫁《よめ》に行《い》くつもりですよ。」

意外《いがい》な返事《へんじ》に、兄《あに》の神《かみ》たちはびっくりです。

＊がま…池《いけ》や沼《ぬま》などの水辺《みずべ》に生《は》える植物《しょくぶつ》。花粉《かふん》に薬用成分《やくようせいぶん》があるとされる。

いつもばかにしていたオオナムヂに負《ま》けて、兄《あに》たちはもうかんかんにはらを立《た》てて、みんなで相談《そうだん》し、オオナムヂをやっつけることにしました。

これを聞《き》いたオオナムヂは、心《こころ》に決《き》めました。

「このままこの地上《ちじょう》にいたら、あぶない。そうだ、ご先祖《せんぞ》のスサノオさまが、今《いま》は地下《ちか》の根《ね》の国《くに》をおさめていらっしゃるはず。スサノオさまが、きっと助《たす》けてくれるだろう。」

こうして、オオナムヂは、一人《ひとり》遠《とお》い地下《ちか》の根《ね》の国《くに》へと、旅立《たびだ》つことになったのです。

あれちゃん日記《にっき》 その5

「ウサギって、未来《みらい》を予知《よち》する能力《のうりょく》があるって、いう人《ひと》もいるでしょう？　たとえばきけんなことが起《お》こる前《まえ》に、じっと動《うご》かなくなるという説《せつ》とか。」

博士《はかせ》は顔《かお》を上《あ》げて、でっぷり太《ふと》ったからだをゆすりながら、教《おし》えてくれました。

「その大本《おおもと》は、このいなばのウサギが、オオナムヂとヤガミひめが、むすばれると予言《よげん》してからなんですよ。」

「へえ〜。」

「そうそう、それとこの前《まえ》、*大学寮《だいがくりょう》の学生《がくせい》たちと、どこの国《くに》の女《おんな》

*大学寮《だいがくりょう》…昔《むかし》の日本の、役人《やくにん》を育《そだ》てるための、最高《さいこう》の教育機関《きょういくきかん》。候補生《こうほせい》の学生《がくせい》を教育《きょういく》し、試験《しけん》などを行《おこな》った。

の子《こ》がかわいいかって、投票《とうひょう》[1]をしてみたんだけど、はえある[2]一位《い》は、どこだったと思《おも》います？　じゃじゃーん、この、いなばだったんです。昔《むかし》から、美人《びじん》が多《おお》いところなんですかね。」

「は？　大学寮《だいがくりょう》って、頭《あたま》のよい人《ひと》たちが集《あつ》まるところでしょう？　博士《はかせ》、そこで、そんなばかなことやってるんですか。」

王女《おうじょ》さまにあきれられて、博士《はかせ》は、しまったという顔《かお》をしていました。

＊1投票《とうひょう》…えらびたい人《ひと》の名前《なまえ》などを書《か》いて出《だ》すこと。　＊2はえ…ほまれ。名誉《めいよ》。

6 根《ね》の国《くに》の物語《ものがたり》

地下《ちか》にある根《ね》の国《くに》へおりていったオオナムヂは、さっそくスサノオの宮殿《きゅうでん》をたずねました。

「こんにちは。」

「どなたですか。」

門《もん》のところに顔《かお》をのぞかせたのは、スサノオのむすめの、スセリひめでした。

（なんてかわいい子《こ》だろう。）

オオナムヂは、どきんとしてしまいました。スセリひめのほうも、

この神《かみ》のやさしさに気《き》がついて、なかなかすてきだわと、ひそかに思《おも》いながら、オオナムヂのことを父親《ちちおや》につげたのです。

「どおれ。」

大男《おおおとこ》のスサノオは、のしのしと出《で》てきて、オオナムヂを一目見《ひとめみ》るなり、ふんと鼻《はな》を鳴《な》らしました。

「ああ、とりあえずこいつは、宮殿《きゅうでん》のヘビの部屋《へや》にとめてやれ。」

「え、あの部屋《へや》にですか？」

あそこは毒《どく》ヘビだらけです。

スセリひめは、このままではオオナムヂが、きっとヘビにかまれて死《し》んでしまうとおそれて、魔法《まほう》のぬのをそっと手《て》わたしました。

「いいですか、ヘビがしのびよってきたら、このぬのを三度《ど》ふってみてください。そうすれば、ヘビはおとなしくなりますから。」

オオナムヂがいわれたとおりにすると、ヘビはすぐにおとなしくなって、ぐっすりと、朝《あさ》までねむることができました。

「むむむ、へっちゃらだったのか。だったら、今度《こんど》はムカデとハチが、わんさかいる部屋《へや》につれていけ。」

でもこのときもスセリひめが、ムカデとハチよけの魔法《まほう》のぬのをくれたので、オオナムヂはだいじょうぶでした。

「ほお、ではこれはどうだ。」

スサノオは、野原《のはら》に向《む》かって、ひゅーんと矢《や》を射《い》ると、

「あれを取《と》ってこい。」

と、命《めい》じました。

オオナムヂが、急《いそ》いで走《はし》っていくと、とつぜんまわりで、ぱちぱちと音《おと》がしました。スサノオが、草《くさ》に火《ひ》をつけたのです。

ごおごおと火《ひ》がもえながら、近《ちか》づいてきます。

オオナムヂが、もうだめかと思《おも》ったとき、

「中《なか》はほーらほら、外《そと》はすーぶすぶ。」

と声《こえ》がしました。

小《ちい》さなネズミが、地面《じめん》をふんでごらん、中《なか》にはほらあながあって、そこに火《ひ》が消《き》えるまで、かくれていれば安全《あんぜん》ですよ、と教《おし》えてくれたのです。

オオナムヂが力《ちから》をこめてふんでみると、ずぼっと、そのまま落《お》ちてしまいました。

そのとたん、頭《あたま》の上《うえ》をごおっと、ほのおが通《とお》りすぎていきました。
「ああ、オオナムヂさま、死《し》んでしまったの？」
頭《あたま》の上《うえ》で、スセリひめのなき声《ごえ》がしました。

「やあ、ぼくはここですよ。」

あなからひょっこりあらわれたオオナムヂを見《み》て、スセリひめはだきついてきました。

あの火《ひ》にやられたら、ひとたまりもないだろうと、ようすを見《み》にきたスサノオは、ひめといっしょに、にこにこしているオオナムヂを見《み》て、口《くち》をあんぐり開《あ》けました。

オオナムヂが、約束《やくそく》の矢《や》を、ネズミからもらってさしだします。

「ちえっ、それなら今度《こんど》は、おれの頭《あたま》のシラミを取《と》ってくれ。」

と、宮殿《きゅうでん》につれてくると、ずんとその場《ば》にねころんだのです。

オオナムヂがスサノオの大頭《おおあたま》をのぞいてみると、もぞもぞ動《うご》きまわっているのはムカデでした。

スセリひめが、そっと木《き》の実《み》と、赤《あか》い土《つち》をわたしたので、オオナムヂは木《き》の実《み》をかんで赤《あか》い土《つち》といっしょに、ぺっとはきだして見《み》せました。

それを見《み》て、スサノオは、

（よしよし、ムカデをかむとは、なかなかやるじゃないか。）

と、心《こころ》の内《うち》でほほえみながら、うとうとねむってしまいました。

「せっかくたずねてきたものの、このままでは命《いのち》がもたない。」

オオナムヂは、急《いそ》いでスサノオの髪《かみ》を、部屋《へや》の柱《はしら》という柱《はしら》にむすびつけ、さらに巨大《きょだい》な岩《いわ》を引《ひ》きずってきて、戸《と》をふさぎました。

それから「いっしょに来《き》て」とスセリひめをおんぶすると、スサノオの宝物《たからもの》の太刀《たち》と弓矢《ゆみや》、さらに神《かみ》の声《こえ》が聞《き》ける、ふしぎな琴《こと》をつかんでにげだしたのです。ところがあわてたはずみで、琴《こと》が樹木《じゅもく》にふれて、がらんがらんと鳴《な》りわたりました。

「むっ、あっ。」

目《め》をさましたスサノオですが、なぜか、びくとも、からだが動《うご》きません。柱《はしら》に髪《かみ》がむすびつけられていたからです。

「くそお。」

スサノオは、むっと力《ちから》をこめました。

ガラガラドッカーンと、宮殿《きゅうでん》が柱《はしら》ごと、たおれてしまいました。それにもかかわらず、スサノオは髪《かみ》にしばりつけられたままの柱《はしら》や、屋根《やね》まで引《ひ》きずって、追《お》いかけてきたのです。

でも、そのころには、オオナムヂとスセリひめは、国《くに》のさかいに近《ちか》づいていました。

スサノオが立《た》ちどまり、にげていく二人《ふたり》に大声《おおごえ》でさけびました。

「おーい、おまえが手《て》にしたその太刀《たち》と弓矢《ゆみや》に琴《こと》は、くれてやる。そいつを使《つか》って、おまえの、母《はは》ちがいの兄《あに》たちをやっつけて、家《け》来《らい》にしてしまえ。これからおまえはオオクニヌシと名乗《なの》り、出雲《いずも》の国《くに》をおさめよ。それからおれのむすめを大事《だいじ》にしろ。そして高《たか》天原《まがはら》にもとどくような、でっかい宮殿《きゅうでん》をおったてて、なかようくらすがよい、すえながく、幸《しあわ》せにな、こいつめ！」

スサノオは地《ち》がひびくように、からからとわらいました。

あれちゃん日記《にっき》　その6

「こうして、オオクニヌシと名乗《なの》ることになったオオナムヂは、*1義理《ぎり》の父《ちち》となったスサノオが命《めい》じられたとおりに、スサノオの宝《たから》の太刀《たち》と弓矢《ゆみや》を使《つか》い、兄《あに》の神《かみ》たちを次々《つぎつぎ》に追《お》いやり、*2家臣《かしん》として国《くに》をおさめていったのですよ。」

博士《はかせ》は、そういって、水《みず》をおいしそうに飲《の》みほしました。

遠《とお》くで夏《なつ》の終《お》わりをつげるように、*3ひぐらしがカナカナカナと少《すこ》しさびしげに鳴《な》いています。

「あれ、オオクニヌシは、スセリひめと、結婚《けっこん》したのですね？　だったら、いなばのヤガミひめはどうしたのですか。」

*1義理《ぎり》…血《ち》のつながりがない、家族《かぞく》・親《しん》せきの間《あいだ》がら。　*2家臣《かしん》…家《いえ》に仕《つか》える家来《けらい》。　*3ひぐらし…セミ科《か》の昆虫《こんちゅう》。夏《なつ》から秋《あき》にかけて、夜明《よあ》けや夕《ゆう》ぐれに鳴《な》く。

わたしが気《き》になってきいてみると、博士《はかせ》は頭《あたま》をかきました。

「ヤガミひめは、オオクニヌシの子《こ》どもの、ミイという神《かみ》をうんだあと、国《くに》に帰《かえ》ってしまったそうだよ。」

「スセリひめとの、まさかの三角関係《さんかくかんけい》のすえに？」

王女《おうじょ》さまは、がぜん興味《きょうみ》をいだいたようです。

「そのあたりは、想像《そうぞう》におまかせしましょう。」

なんでも知《し》っている博士《はかせ》は、うまくにげたようです。

7 小《ちい》さな神《かみ》さま

オオクニヌシは、出雲《いずも》で一生《いっしょう》けん命《めい》、国《くに》づくりにはげんでいましたが、なかなかうまくできませんでした。

「ああ、このままでは、スサノオさまに申《もう》しわけないなあ。」

秋《あき》なのに、ちっともいねの実《みの》らない田《た》んぼを見《み》て、スセリひめもかわいいまゆをひそめて、心配《しんぱい》そうです。

そんなある日《ひ》のこと、

「どうしたものか……。」

と、オオクニヌシがみさき*で、海《うみ》を見《み》つめながら、はあとため息《いき》を

*みさき…陸地《りくち》の一部《いちぶ》が、海《うみ》や湖《みずうみ》の中《なか》に細長《ほそなが》くつきでた所《ところ》。

ついていると、はるかかなたに、何《なに》か点《てん》みたいなものがきらりと光《ひか》りました。それが、どんどん近《ちか》づいてきます。

「おっ、あれは……舟《ふね》。それにしても小《ちい》さいぞ。」

浜辺《はまべ》におりていって、両手《りょうて》ですくってみると、それはガ*ガイモの実《み》を半分《はんぶん》にわって、中《なか》をくりぬいた小舟《こぶね》で、中《なか》にはなんと、ガの羽《はね》をまとった、

小《ちい》さな神《かみ》さまが、ちょんと乗《の》っていました。

「あなたは、どなたですか。」

オオクニヌシがきいても、小《ちい》さな神《かみ》さまは、そっぽを向《む》いて何《なに》も答《こた》えてくれません。名前《なまえ》を、当《あ》ててみろとでもいいたげです。

「おまえたち、知《し》っているか。」

オオクニヌシは自分《じぶん》に仕《つか》えていた国神《くにつかみ》たちにきいてみましたが、

「いや、知《し》りません。」

と、みな、首《くび》を横《よこ》にふるばかり。

そのとき、ヒキガエルがグエグエ鳴《な》きながら、やってきていいました。

「ケロケロ。そういうのは、クエビコにきいてみるがよいケロ。」

＊ガガイモ…つる性《せい》の植物《しょくぶつ》。あわい、うすむらさき色《いろ》の花《はな》をさかせ、実《み》は舟《ふね》のような形《かたち》をしている。

カエルの指《ゆび》さすほうを見《み》れば、かかしが立《た》っていました。

田《た》んぼや畑《はたけ》で、鳥《とり》やカラスよけに立《た》っているかかしは、別名《べつめい》クエビコといって、たいへんな物知《ものし》りの神《かみ》さままでもあったのです。

オオクニヌシが教《おし》えを*1こうと、かかしはへの字《じ》の口《くち》で、

「この方《かた》は、知恵《ちえ》の神《かみ》のカミムスヒさまの*2御子《みこ》で、スクナビコナさまでございます。」

カミムスヒとは、天地《てんち》が生《う》まれる前《まえ》、この世《よ》にあらわれた、さいしょの神《かみ》のうちのお一人《ひとり》でした。あのアマテラスが、天《あま》の岩戸《いわと》にかくれてしまったときも、外《そと》におつれしたというえらい*3大神《おおかみ》です。

オオクニヌシが、まだオオナムヂと名乗《なの》っていたころ、兄《あに》の*4八十《やそ》神《がみ》たちに殺《ころ》されるような目《め》にあわされたのですが、命《いのち》をよみがえら

せてくれたのもこのカミムスヒでした。

そこでオオクニヌシが、神《かみ》さまの声《こえ》が聞《き》けるという、スサノオの琴《こと》を使《つか》って、カミムスヒにきいてみたところ、

「まさに、わたしの子《こ》だ。小《ちい》さすぎていつの間《ま》にか、手《て》のひらからこぼれおちてしまったのだろう。せっかくだから、オオクニヌシは、スクナビコナと兄弟《きょうだい》となり、いっしょに国《くに》づくりをするがよい。」

「ほんとうですか、それはありがたい。」

オオクニヌシは、ばんざいしました。

「では、あなたをお兄《にい》さんとあがめて*5、よろしくたのみます。」

手《て》のひらに乗《の》せた小《ちい》さな神《かみ》さまに頭《あたま》を下《さ》げると、スクナビコナは、

*1こう…たのむ。のぞむ。ねがう。　*2御子《みこ》…子《こ》をうやまっていう言葉《ことば》。　*3大神《おおかみ》…神《かみ》をうやまっていう言葉《ことば》。　*4八《や》十神《そがみ》…多《おお》くの神々《かみがみ》。　*5あがめる…とうとい存在《そんざい》として、うやまう。尊敬《そんけい》する。

やっと、にっとわらってくれました。

それから、オオクニヌシの国《くに》づくりは、とてもうまくいくようになりました。この小《ちい》さな神《かみ》さまは、知恵《ちえ》の神《かみ》さまの子《こ》だけあって、すばらしい力《ちから》を持《も》っていたからです。

あっという間《ま》に国《くに》じゅうの田《た》んぼのいねは育《そだ》ち、畑《はたけ》も青々《あおあお》とした麦《むぎ》が、風《かぜ》にそよぐようになったのです。

「これでよいだろう。ぼくは、そろそろ黄泉《よみ》の国《くに》に行《い》くけれど、あとは、ぼくの友人《ゆうじん》の大和《やまと》の国神《くにつかみ》となかよくやれ。そうすれば、この地《ち》は、もっともっとさかえるはずだ。」

スクナビコナは、また舟《ふね》に乗《の》っていってしまいましたが、オオクニヌシは悲《かな》しみにひたっていられず、大和《やまと》の国神《くにつかみ》に協力《きょうりょく》してもらって、またいっそうはたらくのでした。

こうして、オオクニヌシの国《くに》は、どんどんゆたかになりました。人々《ひとびと》はよろこびにわき、幸《しあわ》せにくらしたので、そのにぎわいはついに、空《そら》の上《うえ》の高天原《たかまがはら》までとどくことになったのです。

あれちゃん日記《にっき》 その7

「カミムスヒは、天地《てんち》が生《う》まれる前《まえ》、この世《よ》にあらわれた、さいしょの神《かみ》のうちのお一人《ひとり》です。イザナギやイザナミの、前《まえ》からいらした、生《せい》と死《し》とをあやつる大神《おおかみ》さまですぞ。」

「だから、その子《こ》どもの小《ちい》さな神《かみ》さま、スクナビコナも、かしこかったのね。」

王女《おうじょ》さまがうなずきました。

「そうですよ。ところであれちゃんは、何《なに》をむずかしい顔《かお》をしているの？」

「あ、スクナビコナが乗《の》ってきた小舟《こぶね》のことですけど、あれってガガイモの実《み》ですよね、食《た》べられるのかなあって。」

「おイモ？　あれちゃん、さっき、おやつを食《た》べたばかりでしょう。」

「えへへへ。」

「ガガイモは、出雲《いずも》のほうでとれるのですが、ゆでたらおいしいですよ。元気《げんき》の出《で》る薬《くすり》としても使《つか》います。」

博士《はかせ》がそう教《おし》えてくれたので、なんだかさっきより、よけいにおなかがすいてきました。

8 コノハナサクヤひめ

空《そら》の高天原《たかまがはら》から下《した》をのぞいていたアマテラスは、オオクニヌシのがんばりに目《め》を細《ほそ》め、ご自分《じぶん》のあとつぎの孫《まご》で、日《ひ》の御子《みこ》とよばれた、ニニギを手《て》まねきしました。

「あそこは、ほんとうによい国《くに》になりましたね。ここからはあなたが行《い》って、あの国《くに》をおさめておあげなさい。」

「はい、わかりました。」

ニニギが元気《げんき》よく答《こた》えたとき、下《した》のほうで光《ひかり》が見《み》えました。

天《てん》と地《ち》のさかい目《め》のあたりに、あやしい者《もの》が立《た》っていたのです。

アマテラスはふしぎに思《おも》って、アメノウズメに行《い》って見《み》てくるように命《めい》じました。

「あなたは、いざというときには、わりと、どきょうがありますからね。」

アマテラスは、ご自分《じぶん》が天《あま》の岩戸《いわと》にかくれたとき、アメノウズメがみなの前《まえ》で、はだかおどりをして見《み》せたのを、思《おも》いだしたのでしょう。

アメノウズメは顔《かお》を赤《あか》くしながら、ようすを見《み》にいくと、目《め》もとのくりくりした、わかい国神《くにつかみ》が、ははっと頭《あたま》を下《さ》げました。

「わたしは、伊勢《いせ》の国《くに》の国神《くにつかみ》サルタヒコです。

今《いま》、*天帝《てんてい》のお孫《まご》さまがおりてきてくださると聞《き》きましたので、おむかえに来《き》ました。」

アメノウズメのほうこくを聞《き》いた、アマテラスは、

「なかなかよい心《こころ》がけだ。」

と、うれしそうにわらうと、ニニギとともに、高天原《たかまがはら》でもゆうしゅ

うな家臣《かしん》をつけてあげようと、地上《ちじょう》の国《くに》におりる神々《かみがみ》を、えらびました。

それぞれの仕事《しごと》をつかさどる神《かみ》さまのほか、知恵《ちえ》の神《かみ》オモイカネや、自分《じぶん》のいちばんかわいがっているアメノウズメなど、いずれもアマテラスのそばに仕《つか》えてきた神《かみ》さままでした。

「それから八尺勾玉《やさかのまがたま》と八尺鏡《やたのかがみ》、そして前《まえ》に、スサノオがおくってくれた、この草《くさ》なぎの剣《つるぎ》も持《も》っていきなさい。」

アマテラスにうながされ、ニニギは、力《ちから》の神《かみ》アメノタヂカラオのかたに乗《の》って、大《おお》ぜいの神々《かみがみ》をしたがえて、出発《しゅっぱつ》しました。

たなびく雲《くも》をかきわけ、はるかな空《そら》の道《みち》をすうっと、とぶように進《すす》みます。

＊天帝《てんてい》…天上《てんじょう》の最高《さいこう》の神《かみ》。ここでは、アマテラスのこと。

そして天《あま》の浮橋《うきはし》に着《つ》くと、そのはじに立《た》って、ニニギは、下《した》をのぞき、あそこがよさそうだと、高《たか》い山《やま》のてっぺんを指《ゆび》さしました。それが*1筑紫《つくし》の国《くに》にある*2高千穂《たかちほ》の山《やま》でした。

ニニギはさっそく大《おお》きな宮殿《きゅうでん》をきずかせました。

その柱《はしら》は、地《ち》のそこの岩《いわ》にとどくほど、太《ふと》くじょうぶで、屋《や》根《ね》はふるさと高天原《たかまがはら》にもとどき

＊１筑紫《つくし》…今《いま》の九州《きゅうしゅう》の北部《ほくぶ》、また九州全体《きゅうしゅうぜんたい》を指《さ》す場合《ばあい》もある。＊２高千穂《たかちほ》…今《いま》の宮崎県北部《みやざきけんほくぶ》にある地名《ちめい》。

そうなほど、高《たか》くそびえたっていました。

「サルタヒコよ、おまえのおかげで、地上世界《ちじょうせかい》にぶじにやってくることができた。

　これより、このアメノウズメと夫婦《ふうふ》になって、国《くに》をおさめるがよい。」

「ははあ。」

　サルタヒコはうれしそうにほほえむと、ニニギからアマテラスの宝《たから》の鏡《かがみ》をあずかり、アメノウズメといっしょに伊勢《いせ》の国《くに》に帰《かえ》っていきました。

それから、どれくらいたったでしょうか。

ニニギは、一人《ひとり》で南《みなみ》のほうへ出《で》かけて、ある林《はやし》で美《うつく》しいむすめに出会《であ》いました。思《おも》わずぼおっとなって、ニニギが、

「あなたはだれ？」

とたずねると、むすめはうつむきながら答《こた》えました。

「ここの山神《やまがみ》のむすめで、コノハナサクヤひめと申《もう》します。」

「ぜひ、わたしの妻《つま》になってくれませんか。」

コノハナサクヤひめは、ニニギのりりしさに心《こころ》ときめきながらも、

「それは父《ちち》にきいてみませんと。」

と、答《こた》えました。

ではと、使《つか》いを出《だ》し、ひめをよめにと申《もう》しでると、父《ちち》の山神《やまがみ》オオヤマツミは、大《おお》よろこびしました。そして、たくさんのよめ入《い》り道具《どうぐ》を用意《ようい》して、コノハナサクヤひめだけでなく、姉《あね》のイワナガひめもいっしょに送《おく》りだしたのです。

ところが、この姉《あね》のイワナガひめは、妹《いもうと》のコノハナサクヤひめとは少《すこ》しもにたところがなく、たいへんみにくかったのでした。

ニニギは、一目見《ひとめみ》るなり、

「ごめんなさい。妻《つま》はコノハナサクヤひめ一人《ひとり》で、けっこうです。」

と、姉《あね》のほうを、父《ちち》のもとへ追《お》いかえしてしまいました。

それを知《し》って、悲《かな》しんだのは父《ちち》の山神《やまがみ》です。

「ああ、わたしが、二人《ふたり》のむすめをあなたにさしあげたのには、わけがあったのに。」

イワナガひめには、日《ひ》の御子《みこ》ニニギの生命《せいめい》が、がんじょうな岩《いわ》のように永遠《えいえん》に*ながらえることができますように、そしてコノハナサクヤひめには、ニニギの世《よ》が、桜《さくら》の花《はな》のように美《うつく》しくさかえますようにと、とのねがいが、こめられていたのです。

でも、ニニギは、姉《あね》を受《う》けいれることはしませんでした。
そのため、ニニギは天帝《てんてい》の孫《まご》でありながら、命《いのち》が花《はな》のよう

に、はかなくちるさだめと、なってしまったのです。

それからしばらくして、コノハナサクヤひめは、ニニギの子《こ》どもを身《み》ごもったので、赤《あか》んぼうをうむ御殿《ごてん》をつくってほしいとたのみました。

でもニニギが、ほんとうに、自分《じぶん》の子《こ》だろうかとあやしんだので、

「そのようにわたしをおうたがいになるなんて、ひどいわ。それでは、こうしましょう。」

ひめは悲《かな》しんで、ニニギが止《と》める間《ま》もなく、御殿《ごてん》に入《はい》り火《ひ》をつけ、もえさかる火《ひ》の中《なか》で、次々《つぎつぎ》に赤《あか》んぼうをうんだのです。

火《ひ》の中《なか》で、さいしょに生《う》まれたのがホデリ、のちに海《うみ》で魚《さかな》をとるようになったので、ウミサチともよばれました。次《つぎ》にホスセリが生《う》

＊ながらえる…長《なが》く生《い》きつづける。

まれ、最後《さいご》に生《う》まれたのがホオリでした。

このホオリは、山《やま》でけものをとってくらしたので、ヤマサチと、いつしかよばれるようになりました。

あれちゃん日記《にっき》 その8

「むむむむ。」
わたしは、むきゃあと、さけびたいのをこらえていました。
「どうしたの？」と王女《おうじょ》さまにきかれて、
「アメノウズメが、伊勢《いせ》でくらしはじめたときのことなんですけど……。浜《はま》で魚《さかな》たちを集《あつ》めて、『ニニギさまにお仕《つか》えするように』というと、魚《さかな》たちはみんな、『はあい』と返事《へんじ》をしたそうです。ところが、ナマコだけ、ぷいっと向《む》こうをむいて何《なに》も答《こた》えなかったので、アメノウズメはおこって、ナマコの口《くち》をぎゅってひねっちゃったんですって。」

「まあ、かわいそう。それで、ナマコの口《くち》が、今《いま》でも少《すこ》しさけているのね。」

王女《おうじょ》さまがうなずいたので、わたしは両手《りょうて》で顔《かお》をおさえました。

「わたし、その話《はなし》を思《おも》いだすたびに、ナマコにおそわれる夢《ゆめ》をみて、うなされるんです。わあ、今日《きょう》もねむれないかも。」

9 ウミサチとヤマサチ

ある日《ひ》のこと、ヤマサチは、兄《あに》のウミサチのところへやってきて、たのみました。

「兄《にい》さん、ぼくも海《うみ》でつりをしてみたいから、兄《にい》さんのつりざおと針《はり》と、ぼくの弓矢《ゆみや》をかえっこしようよ。」

「ああ、いいとも。」

ところがよろこんで海《うみ》へ漁《りょう》に出《で》たものの、魚《さかな》はどういうわけか一ぴきもかかりません。それどころか、ウミサチが大切《たいせつ》にしていた針《はり》を、なくしてしまったのです。

そこへ、ウミサチがもどってきました。

「ちっとも、けものがとれなかったよ。おれのさおと針《はり》を、返《かえ》してておくれ。」

「ごめん、針《はり》をなくしてしまったんだよ。」

ヤマサチはあやまったのですが、ウミサチはおこりだしました。

「ええ、あれはとっても大切《たいせつ》な針《はり》だったんだぞ。さがしてこい。」

でも、海《うみ》でなくした針《はり》なんて、見《み》つけようがありません。

ヤマサチは、こしにぶらさげた剣《つるぎ》をつぶし、針《はり》を五百こも作《つく》り、兄《あに》のもとに持《も》っていきました。

でも、兄《あに》は、うんとは、いってくれません。

しかたなく、次《つぎ》に、千もの針《はり》を作《つく》っていきました。

「こんな針《はり》はだめだ。おれの針《はり》を返《かえ》せ。」

ああ、いったいどうすればよいでしょう。

ヤマサチが、浜《はま》でしょんぼりしていると、波《なみ》の神《かみ》さまシオツチがザバーンとやってきて、「どうしたのですか」と、ききました。

わけをはなすと、

「それなら海神《うみのかみ》の、ワタツミにきかれるのがいちばんでしょう。」

シオツチは海神《うみのかみ》ワタツミの神殿《しんでん》まで、送《おく》りとどけてくれました。

ヤマサチは、神殿《しんでん》の門《もん》のわきに、高《たか》いかつら*の木《き》があるのを見《み》つけて、中《なか》のようすをうかがおうと、登《のぼ》ってみました。

それを見《み》つけたのが、海神《うみのかみ》のむすめ、トヨタマひめに仕《つか》えるめし使《つか》いでした。

「まあ……なんとすてきな男《おとこ》の神《かみ》さま。」

めし使《つか》いは、ひめに知《し》らせました。

トヨタマひめは、急《いそ》いで門《もん》のところに行《い》ってみると、ヤマサチが立《た》っていました。

何《なに》しろヤマサチは、アマテラスの血《ち》を引《ひ》く、ニニギの子《こ》どもです。その気高《けだか》いすがたに、ひめはいっぺんで心《こころ》をうばわれ、むねをときめかせました。ヤマサチのほうもひめの美《うつく》しいすがたに、これは運《うん》命《めい》の人《ひと》だと思《おも》ったのです。

二人《ふたり》はしばらく見《み》つめあっていましたが、ひめは、はっと気《き》がつ

＊かつら…カツラ科《か》の高木《こうぼく》。木材《もくざい》などにも使《つか》われる。

くと、ヤマサチの手《て》を引《ひ》いて、父《ちち》の海神《うみのかみ》のもとにつれていきました。

海神《うみのかみ》は、ヤマサチがやってきたことをよろこび、さっそくに宮殿《きゅうでん》にまねきいれると、たくさんのごちそうを出《だ》してくれました。

それからヤマサチは、トヨタマひめを妻《つま》にして、海神《うみのかみ》ワタツミの宮殿《きゅうでん》で楽《たの》しく三年《ねん》をすごすことになるのです。

でも、ヤマサチは、兄《あに》のウミサチの針《はり》のことが、気《き》になってしかたがありません。

「ああ……兄《にい》さんは、きっとまだ、おこっているだろうなあ。」

ある朝《あさ》のこと、ヤマサチが大《おお》きなため息《いき》をついたので、トヨタマひめは、ふりむきました。

「どうしましたか。」

そこで、なくした針《はり》のことを話《はな》すと、むこどのの一《いち》大事《だいじ》と、海神《うみのかみ》は、さっそく海《うみ》じゅうの魚《さかな》たちを集《あつ》めて、
「この中《なか》に、針《はり》のことを、知《し》っている魚《さかな》はいるか。」
と、きいてみました。

「それなら、タイが、のどに何《なに》かささって、こまっているってこぼしていますよ。」

魚《さかな》たちがいうので、タイにあーんと口《くち》を開《あ》けさせ調《しら》べてみると、たしかに、あのつり針《ばり》でした。

「ヤマサチさま、これをウミサチさまに返《かえ》すとき、*後《うし》ろ手《で》にわたして、こうとなえなさい。

ふさぎ針《ばり》、急《いそ》ぎ針《ばり》、びんぼう針《ばり》に、おろか針《ばり》、と。」

「はあ？　それはどういうこと？」

「魚《さかな》がとれなくなるおまじないですよ。いくら針《はり》をなくしたからといって、あやまられたのだから、ゆるしてあげなければ。兄上《あにうえ》をこらしめておやりなさい。それから──。」

海神《うみのかみ》は水《みず》の神《かみ》さまで、ヤマサチの田《た》んぼにだけ、雨《あめ》をふらせてあげるというのです。

「そうすれば三年《ねん》もしないうちに、ウミサチさまは、ひどくびんぼうになるでしょう。すると、かならずおこって、あなたをせめてくるはずです。」

「えっ、兄《にい》さんが？」

「そのときは、この二《ふた》つのたまをお使《つか》いなさい。」

海神《うみのかみ》ワタツミは、かた目《め》をつぶってみせました。

「これは、海《うみ》の国《くに》につたわる宝物《たからもの》で、しおみつたま、しお引《ひ》きたまと申《もう》します。まず、このしおみつたまを使《つか》って波《なみ》をよび、兄上《あにうえ》をおぼれさせるのです。そして、助《たす》けをもとめられたら、今度《こんど》は、

＊後《うし》ろ手《で》…両手《りょうて》を後《うし》ろに回《まわ》すこと。

このしお引《ひ》きたまを使《つか》うのです。そうすれば、波《なみ》は、元《もと》のようにおさまります。」

それから海神《うみのかみ》は、ヤマサチとトヨタマひめを、ひとひろワニという大《おお》ザメに乗《の》せて、あっという間《ま》に国《くに》に送《おく》りとどけてくれました。

兄《あに》のウミサチは、ヤマサチから針《はり》を受《う》けとり、じろっとにらんだものの、何《なに》もいいませんでした。

ところがしばらくすると、ひどくび

んぼうになり、ゆたかにくらしている弟《おとうと》のヤマサチにしっとして、せめてきたのです。

海神《うみのかみ》のいうとおりでした。

ヤマサチは、すぐに、しおみつたまを取《と》りだし、兄《あに》をおぼれさせました。

「た、助《たす》けてくれー。」

今《いま》にもおぼれそうなウミサチを見《み》て、ヤマサチは、今度《こんど》はしお引《ひ》きたまを使《つか》いました。

「しお引《ひ》きたまよ、波《なみ》を引《ひ》け。」

すると、すうっと波《なみ》が引《ひ》いていくのです。

海《うみ》のしおがみちたり、引《ひ》いたりするのはこのときからだそうです。

ウミサチは、浜辺《はまべ》で、べったり両手《りょうて》をつくと、ヤマサチにあやまりました。

「これからは、おまえの家来《けらい》になるから、どうかゆるしてくれ。」

「そんな……いっしょに、この国《くに》をつくっていきましょう。」

ヤマサチがウミサチの手《て》をにぎると、二人《ふたり》はやっと、なかなおりができたのでした。

いっぽう、一度《いちど》海《うみ》の国《くに》にもどっていたトヨタマひめが、恋《こい》しいヤマサチをはるばるたずねてきました。

「あなたの赤《あか》んぼうを、おなかにさずかったので、やってきました。でも、お産《さん》をするときは、元《もと》のすがたにもどってしまいますから、くれぐれも、*産殿《さんでん》の中《なか》をのぞいたりしないでくださいね、ぜったいですよ。」

トヨタマひめは、よいこらしょと、大《おお》きなおなかをかかえて、産《さん》殿《でん》にこもってしまいました。

元《もと》のすがたって……？

ヤマサチは、気《き》になってしかたがありません。

こらえきれずに、とうとう産殿《さんでん》の中《なか》をのぞいてみると、そこには美《うつく》しい妻《つま》はいなくて、巨大《きょだい》な大《おお》ザメが、ゆかをのたうちまわっていたのです。

わっと思《おも》わず声《こえ》を上《あ》げ、にげだしてしまったヤマサチに、元《もと》のすがたにもどったトヨタマひめは、悲《かな》しそうな顔《かお》をしました。

「あれほど見《み》ないでと、おねがいしたのに。これでさよならです。」

＊産殿《さんでん》…子《こ》を産《う》むための部屋《へや》。

トヨタマひめは、生《う》まれたばかりの赤《あか》んぼうを、ヤマサチのもとにのこし、海神《うみのかみ》の国《くに》へもどると、二度《にど》と海神《うみのかみ》の国《くに》へ来《こ》られないように、海《うみ》の門《もん》をふさいでしまったのです。

この赤《あか》んぼうが、ウガヤフキアエズです。

やがてウガヤフキアエズは、イツセ、イナヒ、ミケヌそしてカムヤマトイワレビコの、四柱《よはしら》の兄弟《きょうだい》をもうけたといいます。

このいちばん下《した》の子《こ》どもカムヤマトイワレビコこそが、やがてこの国《くに》の初代《しょだい》の帝《みかど》になる、神武天皇《じんむてんのう》その人《ひと》なのでした。

おしまいの話《はなし》

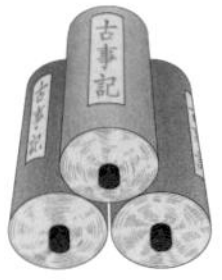

「ここまでが神《かみ》さまのお話《はなし》で、ここから先《さき》は、帝《みかど》たちがどのように、国《くに》をつくられたかの歴史《れきし》となります。」

博士《はかせ》は、わたしが読《よ》みおえたばかりの巻物《まきもの》を、するするとたたみながら、うれしそうにほほえみました。

季節《きせつ》は春《はる》から、夏《なつ》をへて、秋《あき》……そしていつの間《ま》にか、年《とし》がくれようとしていました。

「やっとここまできたわね、あれちゃん、どうもおつかれさま。」

王女《おうじょ》さまにもねぎらわれて[*1]、わたしは自分《じぶん》の鼻《はな》を指《ゆび》さしました。

「もしかして、わたしのお役目《やくめ》は、ここまでなのですか。」

「いいえ、ちがうの。いなくなるのはわたしのほうよ。あれちゃんは博士《はかせ》と、のこりの歴史編《れきしへん》も、ぜひおねがいね。」

「じつは、まどかた王女《おうじょ》さまは、年《とし》が明《あ》けたら、＊2伊勢神宮《いせじんぐう》にまいられることになっていましてね、それまでに、神《かみ》さまのお話《はなし》までは仕上《しあ》げましょう、と約束《やくそく》したのです。」

伊勢《いせ》はわたしのふるさとで、神宮《じんぐう》には、アメノウズメが、ニニギからあずかってきた、アマテラスの大《おお》きな鏡《かがみ》もおさめてあるのです。

「ええ、神宮《じんぐう》に＊3斎王《さいおう》としてお仕《つか》えすることになったの。それでそのとき、この古《ふる》きことの書《しょ》を神《かみ》さまにおさめたいなって。おかげさまで、この国《くに》がどんなふうに生《う》まれたか、はっきりわかったしね。

＊1ねぎらう…人《ひと》の苦労《くろう》をなぐさめる。感謝《かんしゃ》していたわる。＊2伊勢神宮《いせじんぐう》…三重県伊勢市《みえけんいせし》にある、アマテラスを祭《まつ》る神社《じんじゃ》。
＊3斎王《さいおう》…伊勢神宮《いせじんぐう》、または賀茂神社《かもじんじゃ》に巫女《みこ》として仕《つか》える皇女《こうじょ》のこと。

それって、わたしたちの根《ね》っこみたいに大事《だいじ》なことでしょ。」

伊勢神宮《いせじんぐう》は、アマテラスをまつる神社《じんじゃ》で、斎王《さいおう》は、天皇家《てんのうけ》からつかわされる巫女《みこ》で、女《おんな》としては、最高《さいこう》の名誉《めいよ》の一《ひと》つでした。

でも、斎王《さいおう》になってしまうと、新《あたら》しい天皇《てんのう》が即位《*そくい》したり、ご両親《りょうしん》がなくなったりするなど、大《おお》きなできごとがないかぎり、二度《にど》と、もどってくることはできないという、とってもつらく、きびしいお役目《やくめ》だったのです。

「王女《おうじょ》さまが斎王《さいおう》に、それはそれは……お、おめでとうございます。」

わたしは、いきなりの王女《おうじょ》さまの言葉《ことば》にびっくりして、なみだが出《で》てきてしまいました。

「あれちゃん、なかないで。べつに都《みやこ》をはなれるのは、さみしくは

*即位《そくい》…天皇《てんのう》や、王《おう》の位《くらい》につくこと。

ないのよ。でも、きっとたいくつするかなって。国《くに》に帰《かえ》ってきたときは、遊《あそ》びに来《き》てね。」

「もちろん行《い》きます。」

「それまでは、神《かみ》さまにお仕《つか》えしていないときは、あれちゃんたちが作《つく》ってくれた、この古《ふる》きことの書《しょ》を読《よ》んだり、自分《じぶん》でお話《はなし》を考《かんが》えたりしようかなって。何《なに》しろ、時間《じかん》はたっぷりあるものね。」

「そういえば、竹《たけ》から生《う》まれた女《おんな》の子《こ》の話《はなし》とか、考《かんが》えてみるって、おっしゃってませんでしたか？」

「そうそう、それをもとに、物語《ものがたり》を作《つく》ったらおもしろそうね。＊たとえば、その女《おんな》の子《こ》は、月《つき》から来《き》たおひめさまにして、いろんな貴《き》族《ぞく》たちとの恋物語《こいものがたり》とか……？」

まどかた王女《おうじょ》が、ほこらの戸《と》のほうへ目《め》をやりました。

いつの間《ま》にふったのか、夜《よる》の庭《にわ》は一面《いちめん》の真《ま》っ白《しろ》な雪《ゆき》で、木立《こだち》の向《む》こうにのぞく、冬《ふゆ》の大《おお》きなお月《つき》さまが、こうこうとあたりをてらしているのでした。

「ふああ、ステキですねえ。」

わたしは指先《ゆびさき》でなみだをぬぐうと、王女《おうじょ》さまに、やっとほほえみかけたのでした。

（「古事記《こじき》」おわり）

＊かぐやひめの竹取物語《たけとりものがたり》は、まだ奈良時代《ならじだい》にはありません。作者《さくしゃ》はわかっていないのですが、まどかた王女《おうじょ》のまわりに、じっさいにいた貴族《きぞく》たちが登場《とうじょう》するので、もしかしたら、まどかた王女《おうじょ》たちも創作《そうさく》にかかわっていたかもしれませんね。

古《こ》事《じ》記《き》・日本の神《かみ》さまたちのお話《はなし》

みんなどこかでつながっている？

文《ぶん》・那《な》須《す》田《だ》 淳《じゅん》

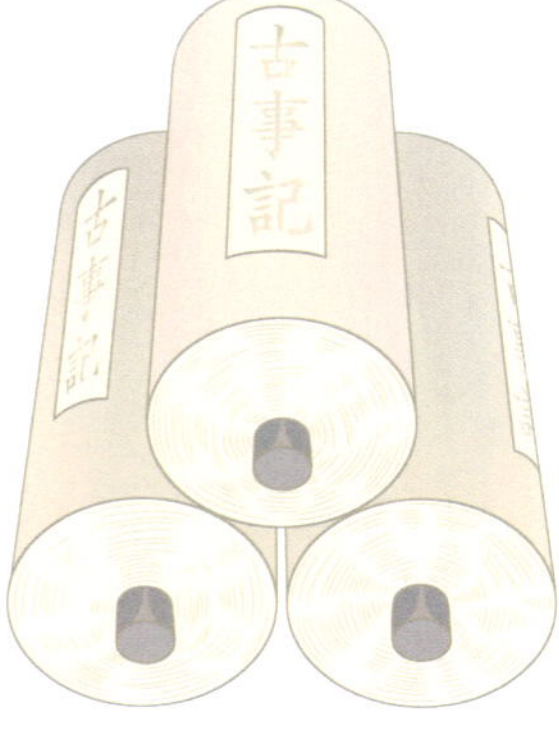

日本の神《かみ》さまたちのお話《はなし》、いかがでしたか。

読《よ》みすすめているうちに、

「あれ、この物語《ものがたり》は知《し》っている！」

と、思《おも》った子《こ》たちも、きっとたくさんいるでしょう。

イザナギとイザナミの「黄泉《よみ》の国《くに》」のお話《はなし》、アマテラスが登場《とうじょう》する「天《あま》の岩戸《いわと》」やスサノオが大活《だいかつ》やくする「ヤマタノオロチ」、オオクニヌシが出《で》てくる「いなばの白《しろ》ウサギ」。「ヤマサチとウミサチ」なども絵本《えほん》やアニメにもなっていますから、たぶんどこかで出会《であ》っているはずです。

ただそれが、『古事記《こじき》』というお話《はなし》の中《なか》で読《よ》むと、じつは、みんなつながっていることに気《き》がつくでしょう。アマテラスとスサノオは姉《あね》と弟《おとうと》だし、いなばで白《しろ》ウサギを助《たす》けたオオクニヌシは、のちにスサノオのむすめと結婚《けっこん》します。それにヤマサチも、アマテラスの孫《まご》の子《こ》ども（ひ孫《まご》）なのですから。

この古事記《こじき》は、奈良《なら》に都《みやこ》をうつすころ、自分《じぶん》たちの祖先《そせん》がどんなふうにしてこの国《くに》をつくってきたのかを知《し》ろうと、ときの帝《みかど》が、学者《がくしゃ》の太安万侶《おおのやすまろ》に命《めい》じて、いいつたえとしてのこされてきたお話《はなし》を、稗田阿礼《ひえだのあれ》からききだし、まとめて歴史《れきし》の本《ほん》として書《か》きのこしたものです。

それもはじめのはじめ、神《かみ》さまが、日本という島《しま》をつくりだすところから。

その島《しま》が国《くに》になり、いつからか人々《ひとびと》がくらしはじめます。

そこで国《くに》を神《かみ》さまがつくったのだから、昔《むかし》の人《ひと》は、その国《くに》にくらす人々《ひとびと》も、神《かみ》さまから生《う》まれたのだろうと考《かんが》えました。

だとすると、ぼくたちも、ご先祖《せんぞ》さまを、どんどんどん、ずっとたどっていくと、いつしか神《かみ》さまのはじっこに、たどりつくかもしれませんね。この物語《ものがたり》の主人公《しゅじんこう》のあれちゃんが、アメノウズメの子孫《しそん》だといわれたように。そう考《かんが》えると、楽《たの》しくなってきますよね。

ところでほんとうの『古事記《こじき》』は三巻本《かんぼん》で、この『古事記《こじき》 ～日本の神《かみ》さまたちの物語《ものがたり》～』は、その中《なか》の、神《かみ》さまたちがまだいらしたころまでの、上巻《じょうかん》をえがいたものです。中巻《ちゅうかん》からは、地上《ちじょう》におりた神《かみ》さまの子孫《しそん》たちが、この国《くに》をどんなふうにおさめていくのかが、書《か》かれています。

もし、そのつづきを読《よ》んでみたいと思《おも》ったら、いつか古典《こてん》の『古事記《こじき》』にちょうせんしてみてください。

日本の名作《めいさく》にふれてみませんか

監修 元梅花女子大学専任教授 加藤康子

人《ひと》は話《はなし》がすき

人《ひと》は話《はなし》がすきです。うれしかった、悲《かな》しかったなど、心《こころ》が動《うご》いたときに、その気持《きも》ちをだれかに話《はな》したくなりませんか。わくわくしている人《ひと》の話《はなし》を聞《き》きたくなりませんか。どの地域《ちいき》でも、どの時代《じだい》でも、人《ひと》は話《はなし》がすきです。文章《ぶんしょう》で書《か》き記《しる》し、多《おお》くの人々《ひとびと》が夢中《むちゅう》になって、受《う》けついできた話《はなし》が「名作《めいさく》」です。人々《ひとびと》の心《こころ》を動《うご》かしてきた日本の「名作《めいさく》」の物語《ものがたり》をあなたにおとどけします。

「名作《めいさく》」の力《ちから》

「名作《めいさく》」には内容《ないよう》にも言葉《ことば》にも力《ちから》があります。一人《ひとり》で読《よ》むと、想像《そうぞう》が広《ひろ》がり、物語《ものがたり》の世界《せかい》を体験《たいけん》したような思《おも》いがして、心《こころ》が動《うご》きます。

さらに、読《よ》む年《ねん》れいによって、いろいろな感想《かんそう》や意見《いけん》が生《う》まれます。小学生《しょうがくせい》のときにふしぎだったことが、経験《けいけん》をつんで大人《おとな》になるとなっとくでき、新《あたら》しい考《かん》え方《かた》をすることがあります。「名作《めいさく》」の物語《ものがたり》の世界《せかい》は、読《よ》む人《ひと》の中《なか》で、広《ひろ》く深《ふか》く長《なが》く生《い》きつづけるのです。

「名作《めいさく》」は宝物《たからもの》

今《いま》、あなたは日本の「名作《めいさく》」と出会《であ》ったことでしょう。このシリーズでは、みなさんが楽《たの》しめるように、文章《ぶんしょう》やさし絵《え》などを工夫《くふう》しています。ページをめくって、作品《さくひん》にふれてみてください。

そして、年《とし》を重《かさ》ねてから読《よ》みかえしてみてください。できれば、原作《げんさく》の文章《ぶんしょう》や文字《もじ》づかいにも挑戦《ちょうせん》してください。この「名作《めいさく》」は、あなたの一生《いっしょう》の宝物《たからもの》です。

文　**那須田 淳**（なすだ　じゅん）

1959年静岡県浜松市生まれ。早稲田大学卒業。著作に『ペーターという名のオオカミ』（小峰書店、産経児童出版文化賞）、『願かけネコの日』（Gakken）、『星空ロック』（あすなろ書房）など多数。翻訳に『10歳までに読みたい世界名作2巻 トム・ソーヤの冒険』『同19巻 フランダースの犬』（ともにGakken）、木本栄氏との共訳で『ちいさなちいさな王様』（講談社）、『新訳・飛ぶ教室』（KADOKAWA）などがある。日本ペンクラブ会員。ドイツ・ベルリン市在住。和光大学非常勤講師。

絵　**よん**

新潟県生まれのイラストレーター。イラストを手がけた主な作品に『ナゾカケ』『伝説の魔女』（ともにポプラ社）、『小説 ひるね姫〜知らないワタシの物語〜』『恐怖コレクター』シリーズ（ともにKADOKAWA）『やさしく読めるビジュアル伝記 ベートーベン』（Gakken）などがある。

監修　**加藤康子**（かとう　やすこ）

愛知県生まれ。東京学芸大学大学院（国語教育・古典文学専攻）修士課程修了。中学・高校の国語教員を経て、梅花女子大学で教員として近代以前の日本児童文学などを担当。その後、東海大学などで、日本近世文学を中心に授業を行う。

写真提供／神宮司庁　出雲大社

10歳までに読みたい日本名作8巻

古事記

〜日本の神さまの物語〜

2017年11月７日　第１刷発行
2025年３月31日　第14刷発行

文／那須田　淳
絵／よん
監修／加藤康子

装幀・デザイン／石井真由美（It design）
本文デザイン／ダイアートプランニング
大場由紀　横山恵子

発行人／川畑　勝
編集人／高尾俊太郎
企画編集／松山明代　岡澤あやこ
編集協力／勝家順子　上埜真紀子
ＤＴＰ／株式会社アド・クレール
発行所／株式会社Gakken
〒141-8416 東京都品川区西五反田2-11-8
印刷所／株式会社広済堂ネクスト

この本は環境負荷の少ない下記の方法で製作しました。
●製版フィルムを使用しないCTP方式で印刷しました。
●一部ベジタブルインキを使用しました。
●環境に配慮して作られた紙を使用しています。

この本に関する各種お問い合わせ先

●本の内容については、下記サイトのお問い合わせフォームよりお願いします。
https://www.corp-gakken.co.jp/contact/
●在庫については　Tel 03-6431-1197（販売部）
●不良品（落丁、乱丁）については　Tel 0570-000577
学研業務センター　〒354-0045　埼玉県入間郡三芳町上富279-1
●上記以外のお問い合わせは　Tel 0570-056-710（学研グループ総合案内）

NDC913　154P　21cm

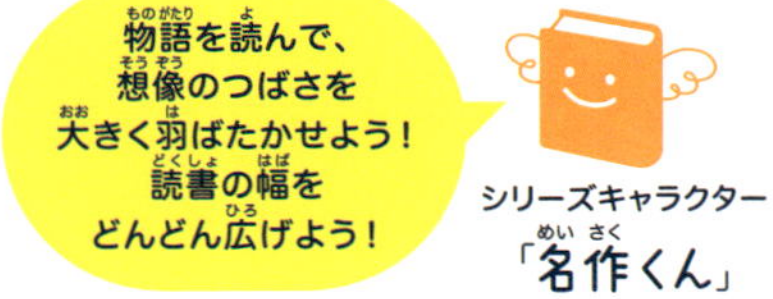

また、あおう!